25/9/25

Pierre Charras

Comédien

Mercure de France

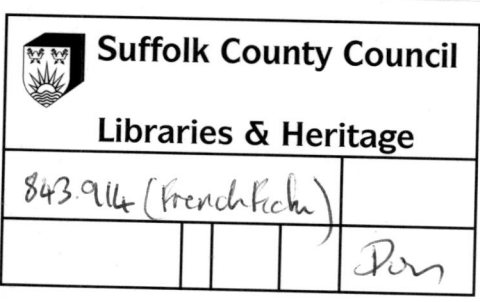
© *Mercure de France, 2000*

Né à Saint-Étienne en 1945, Pierre Charras vit à Paris. Il est comédien et traducteur d'anglais.

pour Annick,
à plus fortes raisons

Sur la scène y'a mon cœur
qu'est prêt à chavirer.

Léo Ferré

I

— *Que fait là votre main ?*

La voix d'Elmire, chaude et troublante, emplit le théâtre. Quelle bonne idée, tout de même, d'avoir confié le rôle à une tragédienne ! Romain ouvre la bouche. Il va répondre. Et puis il lui vient à l'esprit que de nombreuses tragédiennes ont joué le rôle d'Elmire, non ? Alors ce ne serait pas une si bonne idée que cela, finalement. Ce serait une idée banale. Pas une idée du tout, pour ainsi dire.

C'est un moment facile, pour Romain. Il s'agit seulement de bien jouer le sentiment. Celui qu'on étudie dès le lycée. D'ailleurs, cette phrase qu'il va prononcer, qui ne la connaît ? Oui, c'est le sentiment qui compte. Le double sens, l'insincérité. La... comment déjà ?... La tartufferie, oui. Inutile de chercher un meilleur mot.

Et puis il y a le métier, aussi, bien sûr. Le savoir-faire. La virtuosité, ricanent certains en tordant le nez. Romain n'a pas de ces dédains. La virtuosité, chez un interprète, c'est ce qui tient lieu de création. Tout le monde n'est pas d'accord là-dessus, mais Romain ne déteste rien tant qu'être d'accord avec tout le monde. Quoi qu'il en soit, il va parler. Il faut qu'il parle. Mais il reste muet, penché, là, vers Elmire. Vers Elmire qui vient de poser une excellente question : que fait donc là sa main ? Il regarde ses doigts, immobiles, poudrés par la caresse soyeuse des projecteurs, échoués sur la robe en satin grenat de sa partenaire. Dans la lumière ils se sont, dirait-on, changés en marbre, en nacre. Ou en cire ? Oui, c'est bien cela, en cire. Peut-être n'est-il pas vivant, après tout ? Peut-être n'est-il pas, comme il le croyait, un comédien en train d'interpréter le rôle-titre de *Tartuffe* de Molière, mais le personnage lui-même, statufié dans un musée de cire ? Cela expliquerait cette immobilité. Et ce silence. Ce silence compact, consterné, de la salle.

Tout s'est figé. Les spectateurs retiennent leur souffle. Depuis qu'elle a terminé sa réplique offusquée, Elmire elle-même a cessé de respirer. Et les mots que Romain s'apprêtait à dire, il ne les dit pas. Non qu'il en ait brusquement décidé ainsi, mais plus simplement parce qu'il les a totalement oubliés. Ce vers si célèbre lui a échappé. Il n'est plus là. C'est comme s'il n'avait jamais été écrit.

Romain ne sait plus rien. Sinon qu'à l'intérieur de lui ses organes se sont racornis, densifiés, minéralisés. Son cœur, son estomac, ses mâchoires aussi.

14

Elles sont soudées l'une à l'autre, ses mâchoires. Même si le vers réapparaissait par magie, si on le lui soufflait, si on lui glissait dans la main un papier avec, inscrite dessus, la formule salvatrice, il serait incapable d'en articuler une syllabe. Il a commencé à descendre dans le puits qui s'est ouvert sous ses pieds. Tout s'est obscurci. Il est bien possible qu'il se soit évanoui. Il sent qu'il tombe. Qu'il tombe dans un gouffre cyclopéen.

Et puis, tout à coup, la clochette retentit.

Romain comprend que c'est la fin. La mise à mort. Ce signal, il le reconnaît. C'est la clochette du président du jury! Le silence, dans la salle, ne provenait pas de l'attente du public, de sa réprobation, il provenait de son absence. À l'exception d'une dizaine de fauteuils, toutes les travées sont vides, bien sûr. Romain est en train de passer le concours d'entrée du Conservatoire national d'art dramatique, et le président du jury agite sa clochette pour interrompre la scène. Enfin, pas tout à fait, puisque la scène était déjà interrompue, mais pour signifier que cette mascarade a assez duré. Recalé. Il est recalé! Que va-t-il devenir, maintenant? Il va se dessécher derrière un guichet de banque, à lancer des coups d'œil désespérés sur une pendule aux aiguilles entrées en résistance; enfourner des pelletées de charbon dans la gueule incandescente d'une chaudière, au plus profond des entrailles infernales d'un cargo errant; tendre, couvert de vermine, une sébile cabossée au coin d'une rue, lui qui aurait tant voulu être admis au Conservatoire...

Là, il y a tout de même quelque chose qui ne colle pas, Romain en a parfaitement conscience. Parce que, au Conservatoire, il y a bel et bien été admis. Il en est même sorti, trois ans plus tard, avec un premier prix de comédie classique, en présentant la scène 3 de l'acte III de *Tartuffe*, précisément ; la scène qu'il est en train de jouer en ce moment même, la scène avec Elmire, celle où, après qu'Elmire s'est indignée, il répond ce vers rebattu qui a disparu au fond du trou avant qu'il n'y bascule lui-même. Alors, ce n'est pas la clochette du président qu'il entend. D'ailleurs c'est une sonnette, pas une clochette qui a retenti, et qui continue de retentir, avec la régularité d'une sonnerie de téléphone. Donc il ne passe pas le concours d'entrée au Conservatoire. Une autre preuve, c'est cette main qu'il regarde, là, posée sur le satin grenat. C'est la sienne, aucun doute là-dessus, mais ce n'est pas celle d'un jeune homme, loin de là. Le possesseur de cette main doit bien avoir dans les cinquante ans.

Bon, on n'est pas au Conservatoire. Il n'y a pas de jury dans l'ombre, pas de président à clochette, crotale impitoyable. Mais Elmire n'en a pas moins demandé : *Que fait là votre main ?* avec la certitude sereine qu'il répondrait brillamment : *Je tâte votre habit : l'étoffe en est moelleuse,* à la grande satisfaction du publ...

Mon Dieu ! Le vers ! C'est lui... *Je tâte votre...* Votre quoi, bon sang ?... Ça y est, il est reparti. C'est cette maudite sonnette ! Comment Romain a-t-il pu croire qu'il s'agissait de la clochette du président et qu'elle venait de la salle ? C'est un son électrique, électronique, et qui résonne tout près de son oreille, comme la voix d'Elmire... Elmire ! Elle n'aurait tout de même pas le culot de jouer avec un portable niché dans son costume ? Certains comédiens passent leur temps au téléphone, c'est bien connu, mais là, tout de même... Romain trouve la force de relever la tête. Elmire a le visage tourné vers lui. Elle lui sourit et pourtant on dirait que c'est à elle-même qu'elle sourit. Et elle a les yeux fermés. C'est Francine ! Francine Sénéchal !

Romain est très étonné qu'on l'ait distribuée dans le rôle d'Elmire. Il y a vingt ans à la rigueur, mais aujourd'hui ? Il y a vingt ans, justement, Francine avait exactement ce sourire, et ces yeux clos, pendant qu'ils faisaient l'amour et qu'elle attendait le dénouement, comme si, patiente spéléologue, elle avait entrepris d'explorer le mystérieux dédale de son corps pour y inventer le plaisir. Mais c'était il y a vingt ans. Et, de toute façon, Francine ne peut pas être ici puisqu'elle est morte au printemps dernier.

Elle ne bouge pas du tout. Elle garde les yeux fermés. Elle sourit toujours et elle se met à parler. C'est très étrange, ses lèvres restent closes et pourtant sa belle voix grave sort distinctement de son visage impassible. Et elle dit :

— Je ne peux pas être ici puisque je suis morte au printemps dernier.

Romain s'est assis dans le lit. Il tente de retrouver ses esprits. Il a chaud. Il a dû produire un effort énorme pour s'arracher à son rêve. Il a l'impression que sans l'aide de Francine, sans sa force de persuasion, il ne s'en serait pas sorti. Il se dit qu'après tout, mourir dans son sommeil, ce n'est peut-être pas autre chose : un cauchemar qui vous retient captif, une fable dans laquelle un fantôme revient vous visiter et vous prend par la main. Au lieu de vous guider vers une issue, comme l'a fait Francine, douce et gentille dans l'au-delà comme elle l'était déjà sur terre, il vous convainc de demeurer parmi les ombres et tout le monde vous croit mort. On vous pleure, on vous brûle, on disperse vos cendres et vous voilà sans corps à réintégrer. Vous voilà pour toujours à errer dans les rêves des autres.

Romain tend la main à gauche et décroche le téléphone qui a écourté ses retrouvailles avec Francine, ou qui les a fabriquées. Il est déconcerté en entendant les cris d'un vivant.

— Alors, *heureux si vous voulez?* hurle Serge.

— *Malheureux s'il vous plaît*, riposte Romain dans une reprise de volée réflexe. Où es-tu?

— Dakar! Trois jours! Tu m'excuseras si je réserve les détails pour plus tard.

Romain ne lui reprocherait pas non plus de

parler moins fort, car Serge fait partie de ceux qui pensent confusément que le téléphone est un système, certes sophistiqué, mais mécanique, composé de tuyaux dans lesquels circule la voix et qu'il faut adapter son effort à la distance. Ayant jugé Dakar vraiment très éloigné de Paris, il donne une impulsion maximale.

— Je te dis *merde* pour ce soir, vieux ! poursuit-il.

— Je ne réponds rien... Ça va, toi ?

— C'est un peu long, mais que veux-tu ? La semaine prochaine, Conakry et Bamako, et puis on rentre remettre nos manteaux. Tu comprends, on se lasse vite d'être amoureux d'une Célimène centenaire qui tire la gueule, mais c'est ça la gloire... Enfin, je veux dire, le métier... Allez, je te laisse !

— Merci d'avoir appelé.

Mais Serge a déjà raccroché sur un grand éclat de rire.

Romain repose doucement le combiné et se laisse aller en arrière sur l'oreiller. Il fixe vaguement le plafond. La petite fissure, dans le coin. On dirait qu'elle s'est imperceptiblement allongée depuis hier. Peut-être en est-il de même de nos visages, de nos corps ? Si, au lieu de les avoir sous les yeux tous les jours, on ne s'en préoccupait que toutes les semaines ou tous les mois, verrait-on sourdre des mollesses, des bourrelets, s'approfondir des rides, s'affaisser des chairs ? Mais les espoirs sont là, ou peut-être, plus justement, certaines illusions qui masquent jusqu'au dernier moment nos subtils naufrages.

Romain tourne la tête vers la droite. Vers le second oreiller où s'étoilaient les cheveux bruns de Cathie il y a moins d'un an. Où Cathie dormait, insouciante. Ou non. Peut-être ne dormait-elle pas et, les yeux grands ouverts, observait-elle, dans le gris du matin, la fissure qui venait d'apparaître au plafond avant de décider tranquillement qu'elle ne la regarderait pas grandir. Peut-être fomentait-elle déjà son départ, rendant ainsi à Romain une liberté qu'il n'avait pas demandée, mais dont il finirait bien par s'accommoder.

Elle ne se trompait pas. Romain s'est fait à cette absence. Elle lui tient compagnie. Et ce petit accident domestique le blesse tellement moins que le reproche imprécis que Cathie avait si souvent au fond des yeux, durant les semaines qui ont précédé la rupture. Lorsque c'était fini sans être fini. C'est drôle comme les couples survivent à l'amour, comme les séparations arrivent tard, bien après la fin.

— J'aimerais m'éloigner quelque temps, a-t-elle dit.

Et cette simple phrase a souffleté Romain. Pourtant il la redoutait, il l'attendait. Qui sait, peut-être même l'espérait-il? Mais l'entendre, là, brusquement, dans l'air moite de la salle de bains, constituait une violence à laquelle il ne s'était pas préparé. Il a tangué quelques secondes sous la gifle des mots.

C'était un matin de printemps. Il se rasait devant le lavabo et Cathie est sortie de la baignoire, dans son dos. Elle a enjambé le rebord de faïence et a posé le pied sur le tapis de bain. Elle serrait une grande serviette blanche sur sa poitrine. Ses épaules étaient luisantes d'eau et sa cuisse, où saillait le long muscle, en tension. La toison brune de son ventre était toute perlée de gouttes qui, dans la lumière, se prenaient pour des pierres précieuses.

Elle a levé les yeux et leurs regards se sont croisés. Romain s'est essayé à lui sourire, peut-être un peu laborieusement, un peu mécaniquement, parce que en réalité il ne se sentait pas très à l'aise. Il n'aimait pas voir Cathie dans le miroir, à l'envers, comme elle se voyait elle-même en se maquillant. Il la trouvait différente. Moins jolie. Non, aussi jolie, mais un peu inquiétante. Comme un sosie. Ou comme le masque qu'aurait appliqué sur son propre visage quelque méchante espionne pour prendre la place de Cathie et dérober sans vergogne les documents les plus secrets que Romain, aventurier international, aurait enfermés dans son coffre. Quoi qu'il en soit Romain concevait plutôt bien que Cathie ne supporte pas son visage si c'était celui-ci, le faux, qui la narguait jour après jour. Mais comment la suivre lorsqu'elle refusait tout aussi violemment les photographies ou les films dans lesquels elle jouait, alors que là, honnêtement, à l'endroit, elle était jolie, Cathie? Exactement comme en vrai. Et encore plus, peut-être, lorsqu'elle était soucieuse, renfrognée, ce qui n'est pas donné à tout le monde. Aussi, ce matin-là, en sortant de la baignoire, était-elle tout à fait jolie.

Et elle a dit sa petite phrase.

Romain a ressenti cette sorte de douleur fulgurante qui vous broie lorsque vous vous apercevez que vous avez perdu vos clés, votre portefeuille, et qu'il est trop tard pour même espérer les retrouver.

— J'aimerais m'éloigner quelque temps.

Et elle semblait si loin déjà que Romain a su qu'il n'existait aucun moyen de se rapprocher d'elle.

— C'est autre chose que tu essaies de me dire, non ?

Il a réussi à parler avec tout le calme et toute la douceur dont il était capable. Il a aussi songé que ce serait mieux s'il se retournait vers elle, mais cela, il ne s'y est pas risqué.

Cathie s'est immobilisée. Sa lèvre inférieure a tremblé une seconde et elle a baissé la tête vers la serviette blanche, comme si elle y avait tout à l'heure enveloppé les mots qu'elle allait prononcer.

— Oui. Je voudrais essayer de te faire comprendre...

— J'ai compris.

Elle est sortie complètement de la baignoire et est venue derrière lui, l'a enlacé et a posé sa joue contre son dos. Ses bras restaient humides et il a frissonné, mais peut-être ne s'en est-elle pas aperçue, car elle ne s'est pas écartée et a continué à se serrer contre lui. Il sentait son souffle tiède contre son épaule.

— C'est dommage, a-t-elle dit.

Il a pensé la retenir. Attendait-elle seulement qu'il la retienne ? Mais l'énergie lui manquait pour se lancer au secours de lui-même.

— Oui, c'est dommage.

Ils ont fait des paquets toute la journée. À midi ils sont allés déjeuner à la pizzeria et, déjà, ils ne parlaient plus d'eux, mais de l'un et de l'autre. Au soir, elle est partie. Il l'a aidée à charger le coffre de son auto. Ils avaient toujours conservé deux voitures. Sans doute savaient-ils depuis le début qu'ils n'en avaient que pour un instant à s'aimer. Et, tout ce temps, ils avaient laissé tourner le moteur.

D'ailleurs, pour Romain, il n'y a que des débuts. Jamais il ne prend le soin de se retourner sur ses mues successives. Il s'extrait de ses peaux mortes et s'efforce de naître à autre chose. Ainsi pour les spectacles. Il a toujours répugné à collectionner les photos, les affiches, les souvenirs. Même les télégrammes d'encouragement et les billets hypocrites des soirs de première, il les jette au terme de la dernière représentation lorsqu'ils ont rempli leur office ; alors que jusque-là ils étaient épinglés tout autour du miroir de sa loge et que la disparition d'un seul de ces talismans l'aurait plongé dans une agitation fébrile : allait-il perdre le ton juste ? Bredouiller ? Déplaire ? Entendre les fauteuils claquer les uns après les autres? Devoir quitter la scène sous les sifflets et les quolibets?

Au contraire, les cadeaux qu'on reçoit en ces mêmes occasions, il les conserve, il les chérit. Dérisoires, quelquefois laids, ils constituent son petit musée du fétichisme, l'absurde rétrospective de ses tracs oubliés.

Ce musée est aussi celui de l'affection puisque les objets qui lui viennent des êtres chers y ont aussi leur place. Ils ne sont souvent pas plus beaux que les autres, mais ils irradient. Ce ne sont plus des poupées, des boîtes, des savons, mais des sourires, des poignées de main, des tendresses. Toute une vie. Toute sa vie. Ainsi se trouve là, parmi tant de vestiges, le CD que lui a envoyé Serge lorsqu'il a appris la fin de son histoire avec Cathie. C'est un double album des chansons de Boby Lapointe assorti d'un billet où Serge a griffonné : « C'était écrit! Lorsque la plage 22 te fera rire, tu seras guéri. » Le titre de la plage 22 c'est : *Ta Katie t'a quitté*. Romain ressort parfois ce disque. Lorsque arrive la plage 22, il est un peu tendu. Il écoute la chanson. Elle le fait toujours rire. Il n'est pas pour autant tout à fait convaincu d'être guéri.

Non qu'il ait été profondément amoureux de Cathie. Depuis plus de vingt ans maintenant, depuis Jeanne, il n'est plus accessible à ce genre d'absolu. Avec Cathie, c'était un amour raisonnable, un amour confortable où il avait pris ses quartiers. Qu'elle ait été belle et intelligente jouait un rôle dans ce qui lui tenait lieu de bonheur. C'était une satisfaction, comme un bien qu'il aurait possédé. Il se rend compte maintenant qu'il aimait autant qu'on le voie en compagnie de Cathie que cette compagnie elle-même. Et pourtant elle lui manque parfois. Souvent.

Elle lui manque maintenant, alors qu'il vient de refermer les yeux pour que s'efface cette fissure. Il lui semble que, s'il n'y avait pas cette fissure au plafond, Cathie lui manquerait moins. Peut-être lui manque-t-elle parce qu'il sent confusément qu'elle est la dernière à avoir posé là le sac mystérieux de sa vie en lui faisant croire qu'elle ne le reprendrait plus. En le croyant elle-même, peut-être. Bientôt, Romain aura soixante ans. Il entrera alors dans une autre période de sa vie. Une période qui le terrifie sans qu'il sache réellement pourquoi. Il ne s'agit pas en tout cas de la proximité de la mort. Les comédiens meurent tous les soirs en regagnant leur loge et vivent à peine quand ils ne travaillent pas. Pour Romain, la mort c'est un peu comme le téléphone qui cesserait définitivement de sonner. Rien de plus que la sortie de l'intermittence.

Mais aujourd'hui, il faut vivre. C'est la première. Ce soir il y aura la nervosité, la rumeur du public qui enfle, qu'on sent capable de tout emporter et qui finalement s'installe, très fort, très haut. Alors ce sera le frôlement terrible du rideau qui s'ouvre et qui commande le silence. Puis les gens qui se mettront à tousser à tour de rôle, comme s'ils se passaient en arrière un ballon de rugby pour que leur équipe aille marquer un essai sur scène. Et il n'y aura plus que leur regard. Ce regard qui aura déjà soufflé le quatrième mur et qui viendra vous renifler, vous lécher, vous dévorer. Et l'aven ténébreux de la salle comble où pousseront quelques petites fleurs d'amour qu'on tentera de cueillir en se déchirant les doigts aux orties de l'envie, du mépris, de la bêtise.

II

— Tu sais que Bernard Cornevin monte *Tartuffe* au TJC!

C'était l'an dernier, un soir, chez Marinette. C'est la première chose qu'a dite Gérard en se penchant pour embrasser Romain. Nathalie se tenait derrière lui, comme d'habitude. Ils apparaissent toujours en fin de repas. À croire qu'ils ne mangent jamais, ces deux-là. Un peu comme s'ils se nourrissaient seulement de leur amour. Au bout de quinze ans de vie commune, ils ont encore cet air abasourdi, foudroyé. Comme s'ils n'étaient pas tout à fait certains que leur rencontre n'ait pas été imaginée par l'auteur d'une pièce qu'ils seraient en train de jouer et dont ils verraient approcher avec terreur la dernière représentation. En attendant ils se regardent, comme pour s'apprendre par cœur. Et tout le monde a envie d'applaudir.

Mais alors, s'est plus d'une fois demandé Romain, pourquoi viennent-ils si régulièrement rejoindre les habitués de Chez Marinette? Il les a d'abord soupçonnés de ne pas s'entendre aussi bien qu'ils voulaient le laisser supposer et de se réfugier là pour reprendre souffle, après de longues heures de plongée en apnée dans les abysses de leur couple peuplés de monstres aux innombrables pinces, mâchoires ou tentacules. Mais cette théorie ne reposait sur rien et se trouvait même démentie par une observation quelque peu tatillonne. Romain a alors cherché autre chose, car il n'est pas homme à se satisfaire de mystères. Tout peut s'expliquer, pense-t-il. Et il tord un peu cette conviction en décrétant qu'il peut tout expliquer. Pour Gérard et Nathalie, il a décidé que sa deuxième hypothèse serait la bonne et il s'y tient : ils viennent chaque soir non pas pour se frotter à d'autres vies, ni pour se désennuyer l'un de l'autre, mais pour offrir le spectacle de leur amour. Ce sont des exhibitionnistes des sentiments comme certains le sont de la chair.

— On a tout de suite pensé à toi lorsqu'on a appris la nouvelle, a relancé Nathalie avec la souplesse d'une joueuse de tennis en double mixte.

Romain n'aime pas Nathalie et Gérard. Peut-être pourrait-il aimer Gérard, ou Nathalie, mais Gérard-et-Nathalie, il ne les aime pas. Ils l'exaspèrent, avec leur bonheur. D'ailleurs, cette idée ne lui déplaît pas. De les détester en secret et d'afficher le contraire en leur présence. Il donne le change. Il adore donner le change. Il adore follement déguiser ses sentiments. Au fond de lui il se sait en osmose avec Tartuffe. Tout le monde croit qu'il aime seulement le rôle, comme d'autres sont obsédés par Hamlet ou Figaro. Mais non, chez lui c'est plus profond, et en même temps plus singulier. C'est Tartuffe qu'il aime, c'est Tartuffe avec qui il se sent des affinités. Il aurait tant voulu être un grand imposteur. De ceux qui marquent l'histoire de l'humanité. Il se voit très bien en Pougatchev, levant une armée d'hommes tous persuadés qu'ils suivent Pierre III de Russie. Il ne doute pas qu'il se serait montré moins contestable que Naundorff ou Mathurin Bruneau afin d'établir une fois pour toutes qu'il n'était pas mort au Temple lorsqu'il avait dix ans. Il aurait apprécié que, fusillé près de l'Observatoire de Paris en tant que maréchal Ney, il puisse encore de nos jours recevoir sur sa tombe d'instituteur américain la visite respectueuse d'admirateurs du Brave des Braves. Il se rêve aussi parfois en Mme Anderson acceptant, un peu lasse, les hommages des courtisans émigrés croyant se prosterner devant la grande-duchesse Anastasia. Mais son modèle de prédilection, c'est le chevalier d'Éon, un chevalier d'Éon si parfait que, finalement, lui-même ne saurait jurer de rien quant à son propre sexe.

Alors, évidemment, Tartuffe!... Mais, depuis cette prestation triomphale au concours de sortie du Conservatoire, Romain n'a encore jamais incarné le personnage. Pourtant, au cours de ses presque quarante ans de carrière, dont dix à la

Comédie-Française, il en a vu défiler, des Tartuffe, et qui l'ont même parfois frôlé. Des bons, des moins bons, des quantités de franchement mauvais. Mais personne ne faisait appel à lui. Bien sûr, l'Imposteur n'a pas d'âge, mais Romain, lui, l'imagine plutôt jeune, et le temps file. Jamais, même, il n'a appartenu à la distribution de la pièce, aussi son nom n'est-il inscrit sur aucune affiche de *Tartuffe* ni aucun programme. Il lui arrive de penser qu'il aurait peut-être fait une exception et les aurait conservés comme des diplômes. Une sorte de preuve.

À deux reprises cependant, il est passé tout près de la félicité, et dans les deux cas pour incarner le rôle-titre. La première fois, c'était à la Comédie-Française, pour une matinée. Romain était pensionnaire depuis près de cinq ans et on ne lui avait pas encore accordé de montrer ses qualités dans un grand rôle. C'était la dernière représentation de la série au cours de laquelle Hubert Place avait déchaîné l'enthousiasme. La veille encore, il avait superbement joué mais, tard dans la nuit, dans un de ces bars louches où il attendait l'aube, il avait été pris dans une bagarre et avait dû être hospitalisé avec le nez cassé, de nombreuses coupures sur le visage et un poignet foulé. Or, pour la matinée, aucun des autres comédiens ayant joué le rôle n'était disponible, à la suite d'un de ces concours de circonstances qu'on ne rencontre qu'au théâtre.

On avait appelé Romain. L'administrateur désirait lui parler de toute urgence.

— Accepteriez-vous de jouer Tartuffe ?

La conscience de Romain avait aussitôt été secouée par une bourrasque. Des images s'étaient abattues sur lui, en désordre. Parmi elles, il avait reconnu le moment de la proclamation des résultats du concours de sortie du Conservatoire, et aussi le visage ravi de son père. De son père qu'il n'avait jamais, du moins dans son souvenir, vu joyeux. Il en avait même oublié l'éminent personnage en face duquel il venait de s'asseoir. Celui-ci, dans l'attitude pateline et repue des tyrans enfin couronnés, avait croisé les doigts sur le bois rouge de son bureau. On l'aurait dit inoffensif et bienveillant, mais derrière le bouclier de son sourire il tenait des poignards. Il attendit quelques secondes, pour que sa phrase fasse son chemin, puis, voyant affleurer sur le visage de Romain un irrésistible bonheur d'enfant, il entreprit de lui couper les jarrets.

— Mais ce ne serait que pour une seule représentation... Une matinée... Je sais que vous n'avez jamais joué le rôle, mais que vous aimeriez vous y essayer. Bien sûr, comme vous auriez le texte en main, nous ferions une annonce. Et nous pourrions même prévoir des souffleurs à cour et à jardin pour vous permettre de trouver un peu de liberté avec la brochure.

Romain tentait de reprendre souffle, au beau milieu de la vague de déception qui le roulait.

— Eh bien, qu'en pensez-vous ? le pressa l'homme à l'inamovible sourire.

— Mais, monsieur l'administrateur, je peux très bien apprendre le texte, même pour une seule représentation.

Il chercha vainement une touche de reconnaissance dans le digne buste de bronze qui s'était substitué à son vis-à-vis.

— Même pour une matinée, précisa-t-il encore comme en une botte secrète.

Mais l'autre était hors d'atteinte.

— Ce serait pour cet après-midi.

Et il ajouta, dans une confidence cruelle :

— Il ne s'agit que de sauver la recette... Ce n'est qu'une matinée scolaire... Hubert Place est à l'hôpital et le rideau doit impérativement se lever à quatorze heures.

Tout à coup, il faisait très sombre dans le bureau. Romain distinguait à peine l'administrateur qui continuait de le scruter, au-dessus de son rictus courbatu.

— Acceptez-vous, monsieur Vidal ?

Romain n'aurait pas pu dire avec précision qui était ce monsieur Vidal qui suscitait tant de patience chez le haut fonctionnaire qui lui faisait face. Sans doute l'homme dépourvu de la moindre fierté qui, après l'avoir chassé de son fauteuil, répondait à sa place :

— Je ferai de mon mieux, monsieur.

Tout avait alors été très vite. Les couturiers et les

perruquiers accoururent. Il était hors de question qu'il touchât au costume ou au postiche d'Hubert Place. L'admirable mécanique des ateliers se mit à ronronner avant même que l'administrateur ne repose le téléphone intérieur. La loge de Romain, où une brochure l'attendait, devint le cœur battant du théâtre. On lui monta un déjeuner sur un plateau. Les autres comédiens étaient convoqués à treize heures pour un raccord de répétition. On lui apporta son costume qui lui allait parfaitement puisque toutes ses mesures étaient chaque trimestre réactualisées dans l'ordinateur du département de couture. On lui fixa sa perruque et il descendit sur scène.

Mais, vers midi, Hubert Place s'était brusquement levé de son lit d'hôpital et était sorti après avoir signé une décharge. Il arriva peu avant les trois coups et déclara qu'il se sentait en état de jouer. Prévenu, l'administrateur décida que Romain demeurerait en coulisses, habillé et perruqué, la brochure à la main, et se tiendrait prêt à prendre le relais, après annonce, en cas de nécessité. Du rang de remplaçant, il rétrogradait à celui de doublure. L'homme providentiel se muait en pis-aller.

Tant de précautions, hélas, ou heureusement, s'étaient révélées inutiles, car Hubert Place avait joué, avait merveilleusement joué un Tartuffe terrible et douloureux, comme atterré par sa propre noirceur, et cela de bout en bout. Romain avait même noté que, tout au long des nombreux saluts, il souriait.

C'était un sourire étrange qui débutait dès qu'il parvenait à sa place, au centre du plateau, et qu'il saisissait la main des partenaires qui l'encadraient : Orgon et Elmire. Là, il fermait les yeux et tout son visage se mettait à rayonner. À resplendir, aurait-on dit. Comme en extase.

Une fois le rideau redescendu, les autres acteurs l'avaient longuement, bruyamment et exagérément félicité. Romain était resté un peu à l'écart et ce fut Hubert qui avança vers lui, le prit aux épaules et, après l'avoir embrassé sur chaque joue, le serra un moment contre lui. Ils devaient constituer un tableau pittoresque, ces deux Tartuffe presque identiques qui s'étreignaient.

— Je te remercie pour ce que tu as fait et je ne l'oublierai pas, murmura Hubert à l'oreille de Romain.

Après quoi ils se séparèrent et, baissant les paupières, Hubert eut à nouveau ce sourire de tout à l'heure. Celui du salut.

— Tout est en ordre, prononça-t-il encore avant de s'évanouir.

Romain ne devint pas pour autant l'ami d'Hubert Place. Le grand comédien était un solitaire à la vie privée énigmatique et on ne lui connaissait aucune famille ni aucun proche. Il se montrait courtois envers chacun mais, en dehors du temps qu'il passait sur scène, on le sentait ailleurs, comme s'il n'avait même pas conscience de l'existence des autres. Pourtant, il tint la promesse verbale qu'il avait faite à Romain : il ne l'oublia pas.

Lors de la réunion suivante du comité, son « jumeau » d'un jour fut nommé sociétaire. On tint toutefois à signifier à Romain, par de subtiles fuites savamment orchestrées, que sa nomination n'avait pas été obtenue sans mal. En réalité, sur sept comédiens participant au vote, il était établi que six y étaient opposés. L'affaire aurait pu en rester là, mais Hubert Place avait menacé de quitter la Maison si l'on n'accédait pas à son désir. Devant la perspective de voir s'en aller l'étoile incontestée de la troupe, les résolutions s'étaient lézardées, ramollies, retournées, et, lors du dernier tour de table, Romain avait été reçu sociétaire à l'unanimité. L'un des présents, un peu moins honteux que les autres d'avoir capitulé, était venu lui rapporter que, à l'annonce de cette élection étonnamment consensuelle, Hubert Place avait baissé les yeux et dit, dans un demi-sourire :

— *Tout conspire*, collègues, *à mon contentement...*
Pas une voix ne manque *et mon âme est ravie.*

Dite par Serge et devant d'autres témoins, une telle plaisanterie n'aurait entraîné que des rires. Mais, pour ces hommes et ces femmes si jaloux de leur pouvoir, ce genre d'humiliation devait impérativement se payer. Romain était de toute façon la proie la plus facile, mais il demeura bientôt la seule possible, car, à peu de temps de là, Hubert Place fut découvert chez lui par sa femme de ménage, baignant dans son sang, le crâne fracassé à coups de marteau. Lorsqu'on arrêta le coupable, Romain apprit avec stupéfaction que ce n'était aucun des membres du comité. Il comprit aussi que c'était à lui que ces derniers allaient désormais réclamer le règlement de la facture. La punition qu'on lui réserva fut homéopathique et dura cinq ans, l'exacte période pour laquelle il avait été élu. Elle fut aussi presque imperceptible, car on le distribua souvent dans des personnages secondaires qu'il n'avait aucune raison de refuser, mais qui le tenaient en marge des vraies chances. Dans cette prison dorée, il ne mesura la gravité de sa situation qu'au terme de ces cinq années, lorsqu'un autre comité l'évinça « à l'unanimité ». Il s'échoua sur les berges surpeuplées du marché du travail, totalement ignoré du public. Il ne savait rien des dangers du dehors, de la précarité, du désespoir. Il venait de perdre dix ans. Ses anciens camarades ne répondaient à ses bonjours qu'avec une certaine distraction, comme s'ils voulaient se montrer polis avec ce parfait inconnu qui leur souriait.

— *Mais* te souviendras-tu *que ma main charitable, Ingrat, t'a retiré d'un état misérable ?*

Hilare, Serge prenait la pose sur le seuil. Romain s'effaça sans rien dire pour le laisser entrer dans l'appartement et referma lentement derrière lui, songeur. Il avait l'habitude des apparitions théâtrales de son ami qui choisissait toujours, lorsqu'il arrivait chez quelqu'un ou qu'il appelait au téléphone, un extrait de la pièce qu'il jouait, qu'il répétait, qu'il s'apprêtait à aller voir, qu'il avait en projet, même lointain. Serge a toujours appartenu à cette catégorie de comédiens dont on ne saurait dire le nom quand on les rencontre dans la rue, qu'on hésite même à ranger parmi les sportifs, les politiques ou les truands, mais dont le visage évoque la notoriété et qui travaillent à longueur d'année dans de multiples spectacles, enchaînant rôle sur rôle, petit ou grand, dans des aventures incertaines, des galas, des tournées, des matinées scolaires. Des virtuoses du jour le jour comme l'était sans doute Molière avant ses années de Cour, et que méprisent tant, cependant, ceux qui se réclament si fort de Molière. Du Molière de Versailles, il est vrai. Serge avait commencé très tôt cette cavalcade et, entré au Conservatoire sans accroc, avait fait preuve de si peu d'assiduité que le directeur avait fini par lui accorder une liberté encore plus confortable en le priant de ne plus remettre les pieds dans la maison. Romain, qui était déjà son meilleur ami à cette époque, avait eu de la peine pour lui, alors que c'est sur son propre sort, pourtant si enviable en apparence, qu'il aurait dû s'apitoyer.

Mais cette fois, c'était bien une réplique de *Tartuffe*, une réplique d'Orgon, au cinquième acte, un peu bricolée pour la circonstance, que Serge avait lancée lorsqu'il lui avait ouvert. Or, aucun *Tartuffe* ne croisait dans les parages, ces temps-ci. Sauf celui qui, depuis quinze jours, était à l'affiche de la Comédie-Française d'où Romain avait été chassé l'année précédente. Il n'avait pas vu ce spectacle. Il ne le verrait pas. Si Serge était venu le chercher pour le traîner là-bas, il en serait pour ses frais.

Romain traversait des mois difficiles. Il apprenait péniblement sa nouvelle vie, sa vie d'intermittent, une vie sans loge, sans casier à relever, sans rôles, sans repères, sans certitudes. On parlait vaguement de lui pour une comédie légère en octobre alors que mars commençait à peine. Il avait enregistré une pièce à la radio et on l'appelait de loin en loin pour des doublages. Il se sentait débordant d'une énergie inutile alors que Jeanne, qui était depuis quelques semaines sans cesse très fatiguée, devait aller chaque matin aux Buttes-Chaumont tourner un feuilleton interminable. Elle prenait des vitamines qui ne semblaient pas lui faire le moindre effet. Le médecin avait conseillé de procéder à un examen complet du sang, mais elle n'avait pas encore trouvé le temps de s'y soumettre.

Cependant, Serge s'était installé dans un fauteuil du salon. Il avait étendu les jambes, savamment calé ses avant-bras sur les accoudoirs et adopté la mine satisfaite d'un prélat en fin de repas.

— Orgon ? interrogea Romain. Tu vas jouer Orgon ?

— Assieds-toi, se contenta de répondre Serge.

Romain s'exécuta et il aurait presque remercié son visiteur pour cette invitation tant il se sentait peu chez lui depuis quelques secondes.

— Je t'écoute.

— Tiens-toi bien... Cet été, au bord de la Méditerranée, sous les mimosas : trois soirs, moi Tarzan, toi Jane.

— C'est-à-dire ?

— Moi Orgon et toi Tartuffe !

— Non !

— Si ! Trois soirs. Conditions matérielles spartiates, mais cachet convenable couvrant les répétitions. Qu'est-ce que tu dis de ça ?

D'abord, Romain ne dit rien du tout. Depuis cinq ou six ans, depuis cette fausse alerte à *Tartuffe,* il avait organisé un deuil secret autour de cette pièce et était parvenu à une sorte de chagrin presque agréable. Comme une douleur exquise que lui aurait distillée goutte à goutte la malchance. Et il s'était peu à peu attaché à ce tourment.

— Tu es sûr ? demanda-t-il enfin. Pour moi, je veux dire... Tu es sûr que le metteur en scène serait d'accord ?

— Ça, je te le garantis.

Cette dernière phrase, qui aurait dû rassurer Romain, l'inquiéta davantage. Comment un metteur en scène pouvait-il engager un comédien pour le rôle-titre d'un grand classique sans même le rencontrer ? Comment, surtout, pouvait-il accepter qu'on décide à sa place de cette distribution ? Instantanément, le projet tout entier s'atomisa dans l'esprit de Romain. Serge allait lui livrer le nom d'un de ces génies de la dramaturgie qui ont vu dans leurs délires Tartuffe en combinaison de plongée sous-marine, sur une escarpolette, et qui ont persuadé un adjoint du maire à la Culture qu'après ce spectacle sa ville prendra sans coup férir le relais d'Avignon.

— Qui est-ce ? demanda-t-il encore, déjà dégrisé, mais en rentrant tout de même la tête dans les épaules en prévision du coup qu'il allait recevoir.

— Moi.

— Non, le metteur en scène. Je parle du metteur en scène pour ce *Tartuffe*.

— J'avais bien compris. Moi.

— Toi ?... Mais tu n'as jamais...

— Il faut bien commencer un jour.

Et la machine Serge s'était mise en marche. Une machine capable d'élaborer n'importe quelle démonstration et son contraire avec un enthousiasme, une foi qui contaminaient bientôt l'auditoire. Serge aurait fait un parfait prêcheur, un exceptionnel camelot, un irrésistible jésuite. Là, assis dans le fauteuil du salon, il ne lui avait pas fallu plus de quelques phrases pour transformer en mission, en destin, en couronnement de sublime stratégie, une autoproclamation de metteur en scène sans doute improvisée à la hâte pour

emporter la signature d'un fonctionnaire municipal. Il fallait, disait-il, la prunelle soudain étince-
lante, redonner enfin sa place au comédien. La
mise en scène devait être un service rendu à la
troupe, rien de plus. Une sorte de délégation dont
le responsable avait à s'acquitter discrètement,
humblement, en se faisant autant que possible
oublier, en disparaissant presque.

— Celui qui tient la traîne de la mariée, on s'en
fiche. Eh bien, c'est ça, le metteur en scène! La
mariée, c'est l'auteur, la belle robe blanche c'est
nous, et le metteur en scène doit tenir notre traîne
pour qu'elle ne s'entortille pas autour des délicates
chevilles de la reine d'un jour, et voilà!

Romain écoutait cette plaidoirie sans l'entendre. Déjà il ne pensait plus qu'à son rêve qui
allait se réaliser. C'était une libération. Un gros
nuage noir qui crevait. Mais allait-il réellement le
jouer, ce rôle? Comment était-ce possible?

— Comment est-ce possible?

— Quoi?

— Qu'ils aient accepté sans me voir?

— Ton nom, mon vieux, ton nom. Un sésame!
Je leur ai dit ton nom et ils se sont prosternés. J'ai
affiché l'air de celui qui a une quinte flush avant
d'annoncer : « Pour Tartuffe, j'ai obtenu l'accord
de principe de Romain Vidal. » Puis je leur ai
asséné aussitôt derrière la nuque : « Il vient de
passer dix ans à la Comédie-Française. » Et là, il a
rosi, rougi, violaci, l'adjoint à la Culture. Il a battu

des mains, il n'en croyait pas ses oreilles écarlates, je te jure : « Dix ans à la Comédie-Française ! s'est-il écrié. Voilà donc pourquoi il se fait si rare au cinéma ! J'espère qu'il va y revenir maintenant qu'il est sorti, parce qu'on l'aimait bien ! »

— Mais qu'est-ce que tu racontes ?

— Je te raconte la vérité : il t'a pris pour Henri Vidal ! Je n'allais pas lui gâcher son bonheur. D'ailleurs je te trouve aussi beau qu'Henri Vidal, franchement. Et tellement plus vivant.

Et Serge avait libéré le geyser de son rire. Ce rire qu'on nomme partout où il résonne : « Tiens, Serge Rosco est là, ce soir ! » dit-on dans les restaurants, de l'autre côté du brouhaha, sans même chercher à vérifier.

Et on se sent un peu mieux, comme si on avait monté le chauffage en hiver, ouvert une fenêtre en été, servi une nouvelle tournée en toute saison. Tous voient dans ce rire une des aires de repos qui jalonnent la longue route de la nuit. Il s'élève, dirait-on, uniquement pour bercer ceux qui sont venus là dormir debout, derrière leur mine distraite, parce qu'ils ont tellement peur du noir. En vérité, il soigne, ce rire. Il devrait être prescrit. Et remboursé.

Toutefois, que pouvait-il contre la nouvelle qui leur était soudain parvenue, vers le milieu du mois d'avril, alors que leur chimère prenait forme et que le contrat était prétendument en cours d'élaboration ?

— C'est fichu, avait lâché Serge au téléphone.
Il avait bien dit aussi : « C'est à *nous* d'en sortir »,
mais sans ardeur véritable, pour le principe.

Une fois de plus Tartuffe tournait le dos à
Romain. Le conseil municipal méditerranéen avait
fait ses comptes. Celui de ses deniers et celui de
ses administrés. Les élections approchant, il fallait
descendre dans l'arène. En lieu et place d'un hypo-
thétique festival annuel d'art dramatique qui atti-
rerait au mieux quelques milliers de spectateurs
des quatre coins du pays au bout de cinq ou six ans,
on organiserait un seul son et lumière qui mobi-
liserait toute la population locale d'un coup.
Amateurs et bénévoles se bousculeraient pour la
préparation et la réalisation de l'événement. Et
même, qui sait, pour la remise en état du terrain
de football au lendemain de la fête. Et l'argent,
conservé dans les caisses ou habilement placé,
servirait à gratifier les électeurs d'un feu d'artifice
de clôture idéalement anesthésiant.

Romain avait bien sûr éprouvé une très grosse
déception, mais un peu décalée, comme si ce
contretemps atteignait un proche. Car il était alors
tout entier préoccupé par Jeanne. Jeanne qui avait
enfin terminé son feuilleton et qui s'était décidée
à subir ces analyses tant retardées. Ces analyses qui
s'étaient révélées mauvaises. En octobre, il avait
commencé à jouer la comédie qu'il avait en projet
et l'étonnant succès du spectacle l'avait lui aussi à
peine effleuré. Il s'y montrait excellent, de l'avis

général. Il déchaînait les rires, mais il ne sentait rien, ni la chaleur des projecteurs ni l'opium des applaudissements. Niché au fond de lui, quelqu'un d'autre jouait à sa place pour lui permettre de penser à chaque seconde à Jeanne. À la fatigue de Jeanne. À la maladie de Jeanne. À Jeanne alitée. À Jeanne hospitalisée. Au regard de Jeanne, le dernier jour. À Jeanne morte, les yeux clos, les mains croisées, et ce sourire inconcevable. À Jeanne qui se consumait si lentement pendant que la musique qu'elle avait tant aimée essayait de sécher les larmes de Romain, dans la chapelle païenne. À Jeanne dispersée dans le vent de Normandie. Disparue. Nulle part. Partout.

Il était resté si longtemps au bord de la falaise d'Étretat. Contre le vide. À regarder respirer la mer, en bas. Un pas, rien qu'un pas en avant... Serge le serrait fermement aux épaules, peut-être pour le retenir. Ils formaient un seul corps à deux têtes baissées. Un seul bloc de malheur. Immobiles. Silencieux. Pourtant Romain criait. Il criait. Comment Serge, collé à lui, n'entendait-il pas ses hurlements de chien ?

Ils avaient regagné la voiture de Serge bien plus tard, alors que le soir tombait et que le ciel écorché s'était empli de sang.

Et Romain avait continué de jouer. La même pièce. Celle qu'il jouait pendant que Jeanne mourait. On lui avait donné l'heure, précisément. Elle est consignée quelque part, dans un registre de mairie. Elle correspondait à un moment du deuxième acte. Romain aurait voulu savoir lequel. La seconde exacte de la mort de Jeanne. Savoir quel geste il était en train de faire. Quel mot il prononçait. Un rugissement de rire avait-il éclaté dans la salle, juste à cet instant? Se peut-il qu'une salle entière éclate de rire, en face de vous, à la seconde même où meurt votre femme? Et que celui qui a provoqué ce rire, ce soit vous? Longtemps, Romain a joué cette pièce avec la terreur, à chaque rire, d'être le responsable de la mort de quelqu'un. Mais il jouait. Il enchaînait les spectacles. Les succès. Il faisait carrière, comme on dit. Dans le « théâtre de boulevard », comme on dit aussi. Et la réussite était là, avec ses petites preuves : son nom en gros caractères en haut de l'affiche, les autographes, les articles, les photographies, les rumeurs. « Comme vous devez être heureux. — Oui, oui. » Et il l'était. Il ne mentait pas. La moitié de lui-même qui demeurait sur terre était heureuse. Pas à moitié heureuse, non, totalement heureuse. Mais la moitié de lui-même.

Longtemps il avait cru que c'était une question de mois, d'années, et que l'autre partie de lui repousserait, comme un ver de terre, comme une queue de lézard, comme un morceau de foie. Mais non, aujourd'hui encore, plus de vingt ans après, il lui arrive de souffrir de son autre moitié, mais elle n'est pas là. C'est une douleur mêlée d'illusion, comme celle d'un cul-de-jatte qui a mal au pied.

Et elle se transforme peu à peu en vertige. C'est le manque, le vide. C'est une chute qui ne veut pas finir.

Et là, étendu sur son lit, alors qu'il s'éveille après avoir rêvé à Francine Sénéchal dans le rôle d'Elmire, après avoir brièvement espéré que Cathie serait endormie à ses côtés, alors qu'il va jouer ce soir, et dans *Tartuffe*, il essaie de reprendre le fil de sa vie, de sa vie boiteuse. Il tourne la tête vers l'oreiller tout blanc d'absence. Oui, c'est bien vrai, Cathie était la dernière. Pas à venir accoster là, le temps d'une secousse, ça non ; il y en aura d'autres, bien sûr. Mais à partager un pan de vie, en s'installant dans un mirage d'amour, oui, elle était la dernière. Et Romain en éprouve une résignation presque voluptueuse. Il n'y aura plus jamais de couple, ici. Il n'y aura plus que des corps. Et lui, la plupart du temps, lui, tout seul, lui amputé du bonheur.

III

— Tu sais que Bernard Cornevin monte *Tartuffe* au TJC !

Romain frissonne dans l'eau fraîche du bain. Dans l'eau trop fraîche, presque froide. Elle lui arrive sous le menton. Immobile, elle doit paraître solide. Une plaque de tôle où on aurait posé sa tête. Sa tête coupée. Sa sale tête. Il l'imagine, là, dans la lumière franche du plafonnier. Une tête hirsute de supplicié. Il ne parvient toujours pas à admettre que la nature l'ait doté d'une tête pareille. Elle ne fait pas sérieux, pourtant il devrait lui élever une stèle, car il lui doit la plus grande partie de son succès. De sa célébrité, pourrait-on dire. Mais comment les femmes qu'il a réussi à séduire ont-elles pu le voir s'approcher d'elles, se pencher sur elles pour les embrasser, sans être aussitôt prises d'un fou rire ? Romain aurait tant aimé avoir un autre visage. Lequel ? Il ne sait pas. Presque n'importe lequel sauf celui-ci. Il se trouve une gueule de faux jeton. De Tartuffe. Eh oui.

— Tu sais que Bernard Cornevin monte *Tartuffe* au TJC!

Ce soir-là de l'année dernière, chez Marinette, Romain avait reçu cette nouvelle comme une douche glacée. Encore une occasion qui lui filait entre les doigts. Encore un train raté. Encore un regard pas pour lui, un sourire, un baiser, une passion. Un coup de foudre, pour un autre. Encore un bonheur refusé. Un bras d'honneur de Dieu. Cornevin n'engageait, pour ses mises en scène de prestige, que de grosses vedettes de cinéma. Il l'avait toujours fait, et toujours avec succès, dans tous les lieux qu'il avait dirigés et pour tous les types de pièces qu'il avait choisi de présenter. Et il n'allait certainement pas changer de politique alors qu'il venait de prendre en main la destinée du légendaire théâtre Jacques-Copeau.

Romain avait eu une sorte de spasme, comme un haut-le-cœur. Il se demanda même si Gérard et Nathalie, les gentils amoureux, n'inauguraient pas un nouveau style en tâtant de la cruauté. Il décida de s'en sortir par une pirouette.

— Tu crois que tu pourras m'avoir une invitation pour la première? dit-il avec tout ce qu'il se serait efforcé d'indiquer si un metteur en scène avait attendu de lui de la désinvolture.

— Mais non, la distribution n'est même pas commencée, répliqua Nathalie avec une sincérité et une spontanéité que son talent, bien inférieur à sa beauté, ne lui permettait pas de feindre. C'est bien ton rêve, non, de jouer Tartuffe?

Là, il fallait répondre. Mais répondre réellement. Plaisamment. Brillamment... Nul n'ignorait son histoire avec *Tartuffe*. Son histoire d'amour impossible, ce désir têtu qu'il avait de ce rôle, un désir presque physique, urgent, capable de l'entraîner dans des périls, de lui faire perdre ses repères, un peu comme celui que Tartuffe éprouve pour Elmire, justement, et qui le conduit à sa ruine. Dans la pièce, si Tartuffe ne tombe pas sous le charme d'Elmire, il rafle tout. La fille, la maison, la fortune, tout. Et Orgon est fichu.

Un simple mot lui vint alors à l'esprit : penaud. C'était l'état précis dans lequel il se retrouvait gélifié. Il devait réagir sans tarder. Sinon tout le monde allait remarquer sa gêne. Tous, déjà, s'étaient tournés vers lui. Il tenta de gagner du temps. Le sourire qu'il avait sélectionné était teinté de bonté, de résignation, d'humour, de tranquillité. On pouvait y lire non pas de l'indifférence, ce qui n'aurait pas paru sincère, mais du détachement. C'était plutôt bien, le détachement.

Mais ça ne pouvait suffire. Il s'agissait maintenant de faire une déclaration mettant un terme à la lente dégringolade qui s'amorçait. Une déclaration pas trop longue pour ne pas risquer de rater une marche de la phrase, et pas trop courte non plus pour ne pas avoir l'air cassant, pincé, frustré. Il ne fallait paraître ni nerveux ni exaspéré alors que, s'il examinait objectivement son humeur, elle était constituée pour moitié de nervosité et pour moitié d'exaspération. Il était urgent de s'exprimer et seul le rire ferait voler en éclats la tension qui venait brusquement de s'installer.

C'est alors qu'il s'aperçut que Serge, à l'autre extrémité de la table, cherchait à capter son attention. Ils se connaissaient tellement, tous les deux, qu'ils pouvaient, d'un seul coup d'œil, s'arrimer l'un à l'autre. Aussitôt il y eut un imperceptible déclic. Serge joignit les mains et inclina modestement la tête un peu de côté. Il lui conseillait de citer Tartuffe. Mais quels vers ? Romain battit des cils. Serge leva les yeux au ciel en une imploration comique puis dénoua les doigts dans un geste d'impuissance. Ce fut comme s'il avait soigneusement calligraphié les deux vers adéquats. Romain n'avait plus maintenant qu'à les rejeter un peu en arrière pour les laisser monter, sortir lentement de sa propre mémoire. Il prit le temps de modifier légèrement la nature de son sourire avant de parler. C'était cette fois un sourire humble. Vaincu mais serein. Un sourire de saint.

— *C'est une occasion qu'au Ciel j'ai demandée,*
  Sans que jusqu'à cette heure il me l'ait accordée.

Une onde de satisfaction fit le tour de la table et les premiers rires fusèrent, avant de se fondre dans l'hilarité générale lorsque Serge s'écria sur un ton outrancièrement navré :

— *Le pauvre homme !*

À cet instant, Romain éprouva très fort la joie sauvage d'un gagnant du Loto. Il revint à Nathalie, toujours tournée vers lui. Elle aussi riait de bon cœur. En réalité, elle n'avait pas essayé de lui tendre un piège. Elle ne lui voulait aucun mal. Elle était fraîche et jolie. Même son habituel air bête avait disparu.

Il a froid. Il se savonne en vitesse et se lève. Il attrape la serviette et se frictionne. Plus jamais de bains chauds. Encore un petit « plus jamais ». La liste est longue de tous les renoncements auxquels il doit s'astreindre. Ça avait débuté dans un bain chaud, justement. Dans un de ces bains brûlants où il aimait tant paresser, en remâchant ses textes, et où il pénétrait avec une circonspection de démineur. Ce jour-là, il en était à la taille lorsqu'il avait senti que tout son sang désertait ses membres pour se déverser en trombe dans son cœur. Une cohorte de fourmis avait envahi son bras gauche tandis qu'une violente rage de dents lui vrillait la mâchoire. Il avait aussitôt compris :

— Mon Dieu, c'est fini, avait-il murmuré.

C'était un constat. Il n'avait pas envie de se plaindre. Au contraire, même. Il fallait bien qu'elle s'arrête un jour, cette vie toujours égale, toute plate. Cette suite de moments interchangeables. Tout ce temps insensé d'après Jeanne.

Mais sa main droite pensait différemment. Elle était partie toute seule pour relever la bonde et, tandis que Romain glissait dans un espace laiteux, la baignoire avait commencé à se vider avec un grognement d'aise.

Romain était resté une brève perpétuité juste au-dessous de la conscience, dans un état délicieux : il était bien entendu qu'il était mort mais, pour des raisons techniques ou administratives, il devait encore attendre pour se prévaloir du titre de défunt. Il se dit que ce devait être le Purgatoire. Et il se prépara à patienter là quelques dizaines de siècles. Sa seule surprise fut de ne rencontrer personne, comme si tous les morts avaient déjà été répartis entre Enfer et Paradis, et qu'il était, de tous les hommes de tous les temps et de tous les endroits de l'univers, le seul cas litigieux. Il goûta cette délectable singularité. Il se dit qu'il accédait enfin au statut de star. Hélas, son sang se remit en marche. Lentement d'abord. Puis, tout à coup, il eut l'impression de tomber du plafond jusqu'au sol carrelé. Il essaya de s'agripper à la corniche, mais ses mains se refermèrent sur le rebord de la baignoire. Il réussit à ouvrir les yeux. Là-bas, près de ses pieds, l'eau du bain finissait de se retirer. Sa mort n'avait duré que quelques secondes. Il était déjà de retour. Le Purgatoire devait se trouver tout près d'ici.

— C'est une toute petite alerte, mais il convient d'en tenir compte, avait dit le médecin lors de la visite suivante, en feuilletant la liasse de résultats d'analyses.

52

Et il avait posément énuméré les interdits. C'était bien simple : il s'agissait de ne plus vivre. Plus de ceci. Pas de cela. À peine de. Presque pas de. Le moins possible. Sous aucun prétexte. À bannir définitivement.

— Pour le reste, si vous vous pliez bien à cette discipline, vous pouvez mener votre existence comme vous l'entendez.

Romain le regarda attentivement et dut se rendre à l'évidence : il avait dit cela très sérieusement. Exactement comme il aurait annoncé, un grand couteau de boucher à la main : « C'est l'affaire de quelques minutes. Je vous coupe les bras, les jambes, le sexe et la langue, et puis je vous laisse vous en aller et profiter de la vie. »

— Mais jouer au théâtre, est-ce que je peux, docteur ?

— Bien sûr. À condition toutefois d'éviter tout effort physique.

Comment aurait-il pu lui faire comprendre que jouer au théâtre, c'est justement un effort physique ? Qu'entrer en scène et dire seulement « bonjour », c'est un effort physique équivalent à l'escalade de cinq étages avec au bout des bras des sacs de supermarché pleins jusqu'aux anses ?

— Merci, avait-il répondu.

Et il était sincère. Peut-être venait-il de recevoir l'autorisation du corps médical de mourir en scène.

— Vous nous préparez quelque chose ? avait

demandé le médecin avec dans la voix une petite pointe de vulgarité.

Un peu comme il aurait pu dire : « Vous m'avez apporté les photographies de jeunes filles que vous m'aviez promises ? »

— Oui, je dois commencer à répéter la semaine prochaine.

— Tant mieux, tant mieux. Alors, c'est entendu : ménagez-vous et faites-nous rire !

IV

— Monsieur Cornevin vous attend, avait dit la jolie secrétaire avec un sourire qui charriait, sembla-t-il à Romain, des pépites de dégoût

Et elle avait désigné la porte de bois sombre, à gauche, d'un petit mouvement de menton accablé.

Elle paraissait beaucoup plus traumatisée par l'irruption d'un clown notoire dans le temple sacré du vrai théâtre que le grand prêtre lui-même lorsque Romain lui avait parlé au téléphone le matin même.

— Ici Bernard Cornevin, s'était-il simplement présenté. Je suis metteur en scène de théâtre.

Rien ne prouvait qu'il s'agissait d'une pose. Pensait-il réellement que le monde extérieur ignorait tout de ce qui se passait dans la mystérieuse officine où l'on change le plomb des textes en or ? Mais une telle précision sonnait tout de même comme une coquetterie. Imaginait-on Gustave Flaubert ajoutant, après avoir mentionné son nom : « j'écris des romans » ?

— Je vous connais, bien sûr, dit aussitôt Romain.

À la seconde il jugea cette remarque pour le moins facultative. Il chercha vaguement une explication, et pourquoi pas une excuse, dans sa chemise qui, depuis qu'il avait décroché, s'était mise à transpirer au point de lui tremper le dos.

— Très bien, relança le combiné. Peut-être savez-vous que je prépare, pour la saison prochaine, une nouvelle présentation de *Tartuffe* de Molière ?

— En effet.

« Mais non », « Ah bon ? », « Pas possible ? »... Autant de réponses qui collaient moins servilement à l'événement que « En effet », mais c'était trop tard.

— J'aurais une proposition à vous faire pour le cas où vous seriez libre en septembre et octobre prochains.

Romain ne bougea pas, mais un double de lui-même se détacha de son corps, sortit de l'appartement, dévala l'escalier et, parvenu dans la rue, entreprit de claironner dans la ville entière la merveilleuse nouvelle. Il arpenta avenues et boulevards, cafés et églises, couloirs du métro et ministères. Il s'aventura même dans les cimetières pour y réveiller les morts.

— Je pourrai me libérer, répondit paisiblement son enveloppe charnelle restée sur place.

— Les répétitions débuteront fin juillet et je tiens à ce que tous les comédiens soient présents, même lorsque nous travaillons des scènes où ils n'ont pas à intervenir.

— Je comprends.

Le personnage de Tartuffe ne paraît qu'à l'acte III. Il devrait donc assister en spectateur aux tâtonnements des autres sur deux actes. Tant mieux. Cela lui rappellerait le temps de la Comédie-Française. Sa jeunesse. Ses belles espérances.

— Pourriez-vous venir au théâtre ? Je sais que nous ne sommes qu'en février, mais il est important pour moi de me ménager du temps pour rêver sur la distribution avant d'aborder le vrai travail.

— Oui, bien sûr. Quand voulez-vous ?

— À seize heures, cet après-midi, ce serait bien.

— Seize heures, j'y serai.

Il aurait dû dire : « Excusez-moi, je consulte mon agenda », comme on fait toujours, même si on est certain qu'il n'y a rien de prévu pour ce jour-là, ni pour la veille, ni pour le lendemain. Mais il n'y avait pas pensé. En réalité, il ne pensait plus. À rien. Son cerveau s'était brusquement vidé et trois petits lutins s'y adonnaient à une ronde enfantine. L'un avait « Théâtre Jacques-Copeau » inscrit sur son T-shirt, le deuxième « Tartuffe » et le dernier « Seize heures ». C'était bizarre comme on pouvait vivre et être heureux avec dans la tête rien d'autre que trois petits lutins qui dansent.

Et voilà qu'il poussait la porte de bois sombre, après avoir frappé avec une assurance d'emprunt, bien trop grande pour lui.

Il s'attendait à pénétrer dans une immense pièce aux meubles modern style trônant à bonne distance les uns des autres sur une moquette blanche et douce comme un duvet d'oisillon, et il se retrouvait dans un capharnaüm exigu, poussiéreux et sans charme. Il avait imaginé un nid de débauche mentale, un bordel de la pensée, une maison d'intolérance, et c'était un lieu de travail dont il refermait la porte derrière lui. En se retournant, il buta contre l'unique chaise réservée aux visiteurs. Le directeur du TJC devait s'être résolu à ne recevoir qu'une personne à la fois. Il devait d'ailleurs cultiver la confidentialité car, dans son dos, les lourds rideaux étaient tirés devant la fenêtre et il n'y avait pas d'autre source de lumière que la lampe à abat-jour métallique émergeant du désordre de papiers qui recouvrait entièrement le bureau. Romain eut la sensation de s'être trompé de film. On l'avait convoqué sur le plateau de Marcel L'Herbier, et il s'était égaré dans une enquête de Philip Marlowe. Il jeta un bref coup d'œil sur l'armoire à classeurs, contre le mur de droite. C'était de là que Bernard Cornevin, le fameux détective, sortirait tout à l'heure une bouteille de whisky et deux verres culottés de crasse pour arroser leur accord. Ou un revolver noir avec lequel il abattrait son solliciteur sans la moindre hésitation s'il s'avisait de refuser sa proposition. Après quoi il roulerait le corps dans le tapis et, à la nuit, le transporterait dans le coffre de sa vieille limousine garée en bas. Romain regarda vivement à ses pieds et fut soulagé de voir qu'il n'y avait pas de tapis.

Au-delà de la flaque de lumière, l'illustre demi-dieu du théâtre se levait, la main tendue. C'était un petit homme presque chauve, en bras de chemise, sans cravate. Il souriait. Romain s'était préparé à affronter toutes sortes de mises à distance, de hauteurs, d'humiliations dont ce métier a le secret, mais ce sourire, non. Et son appréhension vira à la panique. Il s'empressa de serrer la main qu'on lui tendait avant que la sienne ne devienne moite.

— Bonjour, monsieur Vidal. Je suis sincèrement heureux de vous rencontrer. Veuillez vous asseoir. Nous avons à parler.

C'était étrange, cette chaise Elle n'avait rien d'anormal, et pourtant Romain avait l'impression qu'elle était si haute que ses pieds ne touchaient plus le sol et qu'il allait tomber. Non, ce n'était pas ça. Il n'y avait aucun problème avec la chaise, c'était lui qui avait rétréci. Il ne pesait plus rien. Un geste un peu brusque de son interlocuteur, un simple éternuement, et il serait balayé comme une minuscule feuille morte, une brindille, un flocon.

Et il y avait aussi cette voix. Cornevin n'avait pas du tout la même voix qu'au téléphone. Ce qui, après tout, n'avait rien d'étonnant puisque, ce matin, au téléphone, il n'avait pas non plus le même physique. Voilà, ce type avait assassiné

Cornevin et il n'avait même pas pris la peine d'adopter le maintien inspiré du créateur qu'il avait exécuté. Car son véritable contrat portait sur la personne de Romain Vidal. De Romain Vidal assis en face de l'usurpateur. De Romain Vidal anéanti, microscopique, battu à plates coutures. De Romain Vidal souriant, peut-être.

— Permettez-moi d'abord de vous dire, monsieur Vidal, que, contrairement à certains de mes collègues — disons à la plupart de mes collègues —, je ne tiens absolument pas pour négligeable le travail que vous accomplissez dans le répertoire que vous interprétez d'habitude.

Romain ne broncha pas, mais remercia mentalement l'homme invisible dont la main venait de lui appliquer sur le nez un masque à oxygène. Il sentit que ses jambes allongeaient. Il ne tarderait plus, maintenant, à retrouver sa taille normale.

— Voyez-vous, monsieur... Vidal...

L'ennemi avait marqué un petit temps d'hésitation entre « monsieur » et « Vidal », comme si le nom lui avait brièvement échappé. Ça se voulait imperceptible, subliminal, mais Romain le décela. Non par une quelconque vanité, mais parce qu'il ne s'agissait pas d'un moment de trouble, d'un accroc de mémoire, mais parce que Cornevin l'avait fait exprès, pour le déstabiliser. Il l'avait joué. Et plutôt mal, d'après Romain qui se jugeait tout à fait compétent sur ce chapitre. Son malaise se dissipa un peu plus. C'est toujours rassurant de voir une personne qu'on redoute laisser transpirer un peu de médiocrité.

— ... je vais vous confier quelque chose, poursuivait l'autre tout heureux d'avoir marqué un but et ignorant totalement qu'il avait tiré contre son camp. J'ai assisté à une représentation du spectacle que vous jouez actuellement.

En arrière toutes. Romain se mit à la seconde à rétrécir au point qu'il ne devait plus être maintenant qu'un grain de poussière sur la chaise. Et pourtant, son gentil tortionnaire continuait à lui assener délicatement de vigoureux coups de *discipline* sur sa *haire*.

— Vous remportez un très vif succès. Je dois dire que je vous admire, d'une certaine manière. Car vous admettrez avec moi que cette pièce se situe hors du champ de la critique. En réalité, c'est rien. Je veux dire : elle n'existe pas. Il n'y a aucune pièce. Parce qu'il n'y a aucun style bien sûr, mais aucun texte non plus. Et je crois que c'est cela qui m'a empêché de rire. J'avoue que, dans l'ombre de la salle, j'ai été la proie d'une terrible angoisse. De voir des comédiens chevronnés, vos camarades et vous-même, entrer en scène en n'ayant rien à dire. J'ai eu l'impression que je me trouvais au milieu d'une meute de chiens furieux et qu'on vous avait jetés là dans l'arène pour que nous vous dévorions. J'ai d'ailleurs regardé autour de moi et j'ai bien remarqué, sur le visage de mes voisins, d'inquiétantes expressions. Comme de la gloutonnerie. Ou de la lubricité. Ces gens étaient venus rire comme on tue, poussés par l'instinct, l'animalité. Car il ne s'agit pas de divertissement, d'amusement, n'est-ce pas ? C'est un rire du corps, presque involontaire. Il s'échappe comme une sueur. Comme une flatulence, presque.

Bon. « A voté ! » aurait dit Serge. Romain était maintenant entièrement nu. Pourtant il avait très chaud. C'est sa peau qu'il aurait voulu arracher, pour être méconnaissable. Mais il ne pouvait faire un seul geste, car l'autre pointait sur lui son regard tout chargé d'un poison bien plus efficace que la condescendance : la compassion. Le petit homme en bras de chemise était un véritable héros. Un saint. Il avait réussi à surmonter une formidable répulsion et côtoyait ce bas amuseur avec le dolorisme sublime de Bonaparte à Jaffa s'imposant de toucher ses soldats pestiférés.

Romain se dit qu'il ne lui restait plus qu'à se lever et à partir aussi dignement que possible. Il se souvint avec satisfaction qu'il n'y avait pas au sol de tapis où se prendre les pieds. Il s'agissait seulement de ne rien précipiter. Et de trouver la force de se mettre debout. Mais cette force lui manquait. L'autre l'avait entièrement vidé de son sang, de sa moelle, de sa raison d'être. Ce qui l'abattait surtout, c'était qu'il ne voyait pas ce qu'il aurait pu contester dans cet assaut. Au fond, Cornevin avait raison sur toute la ligne. Non, ce qui était insupportable, c'était ce regard, ce sourire, cette suffisance mêlée d'apitoiement. Ce gouffre que l'autre avait creusé en quelques phrases et où il l'avait fait rouler. Cette dignité affectée qui le repoussait dans une sorte de déchéance nauséabonde. Cela différait légèrement du pur mépris. Cornevin ne jugeait pas vraiment. Il restait étranger à tout débat, hautainement drapé dans quelque chose... De la morgue...

Ce fut ce simple mot qui délivra Romain. Morgue. Voilà. Son vis-à-vis entrait enfin dans une catégorie. Il cessait d'être unique. Il perdait de sa toute-puissance, de sa divinité. Il réintégrait le giron du commun des mortels. Morgue. Romain parvenait même maintenant à le considérer comme un corps. Un corps formolé sur la table à autopsie d'une morgue, justement, une étiquette au gros orteil. Et puis on l'enfournerait, mal recousu, dans un casier réfrigéré. Cornevin avait choisi de s'enfermer dans la morgue, tant pis pour lui. Un jeu de mots suffisait à l'y maintenir. « Le calembour est la fiente de l'esprit qui vole », avait dit le poète. Romain imagina un grand oiseau blanc en train de décrire des cercles de plus en plus serrés au-dessus du front dégarni du dispensateur de bonnes et de mauvaises notes culturelles. Il sourit.

— *Mais les gens comme nous brûlent d'un feu discret*, murmura-t-il, pour toute réponse.

Cornevin laissa s'échapper, l'espace d'une seconde, tout son bel aplomb. Il vacilla et dut se réfugier dans une quinte de toux de fabrication médiocre pour se sortir de ce gluau.

— Sans doute, sans doute, dit-il enfin, et il est pertinent de citer Tartuffe puisqu'il préside à notre entretien. Voici de quoi il s'agit...

Son débit s'était ralenti à l'extrême, comme si le sursaut de Romain qui avait répliqué à la préparation d'artillerie avait compromis toute sa stratégie. Romain se délecta brièvement de cet embarras. Il se dit que l'autre ne se comporterait pas différemment s'il avait le projet de lui proposer un rôle secondaire comme Cléante, ou minuscule comme Monsieur Loyal, voire même ridiculement dérisoire comme l'Exempt, pourquoi pas ?

— J'ai pensé à vous pour interpréter le rôle de l'Exempt, déclara simplement Cornevin.

Et il leva vers Romain un regard dénué de toute expression amusée, ou du moindre indice pouvant suggérer qu'il désirait clore les hostilités par une lourde blague.

Romain chercha un instant la raison de ce sérieux parfaitement mimé chez son interlocuteur. Voulait-il lui infliger une nouvelle épreuve ? Tester sa résistance ? Montrer que lui aussi était accessible aux jeux de l'esprit ? Il prit le temps d'éliminer une à une toutes les réponses possibles pour ne garder que la seule raisonnable : les paroles de Cornevin ne recelaient aucun humour, aucune plaisanterie. On l'avait fait venir ici pour lui proposer le rôle de l'Exempt, dans *Tartuffe*. Le seul rôle qui n'en est pas un. Le personnage qui entre en scène, alors que tout est accompli, pour opérer un maladroit miracle et cela en moins de cinquante vers laborieux. Il aurait voulu rire. Ou pleurer. Ou sortir une lame et la planter à l'endroit où ce petit commis tout plein de lui-même aurait dû avoir un cœur. Mais il resta empêtré dans les mailles du désarroi. Il ne fit pas un geste. Pas un muscle de son visage ne tressaillit. Il se mit à attendre. Dès que son sang aurait recommencé à circuler, il se lancerait résolument à la recherche de la porte, quitterait cette pièce, et ce rendez-vous ubuesque ne serait plus qu'un mauvais souvenir.

— Vous ne dites rien ? s'étonnait Cornevin.

Non, il ne disait rien. Qu'aurait-il pu dire ? Et d'ailleurs, comment s'y prenait-on, déjà, pour parler ?

Il eut quelque peine à se lever. Pourtant, c'était dans le bras que voletait la douleur. Elle était si diffuse, et tellement dominée par cette sorte de nausée de l'âme qui l'avait envahi tout entier, qu'il ne la remarqua pas. Au point qu'il répondit « oui », à la fin de l'été, au médecin qui lui demandait si le malaise qu'il avait ressenti dans sa baignoire était la première alerte.

— Je comprends que vous ayez besoin de temps pour réfléchir, disait l'autre en se levant à son tour, bien à l'abri derrière le blindage de son sourire. Je vous garde la préférence, disons jusqu'à la fin de la semaine. Je sais que certains choix sont difficiles.

Romain s'enfuit. Il s'en remettait à la rue, à la rumeur des gens, au grondement des voitures, à la bousculade, aux brusques coups de freins, à un froissement de tôle, par chance, pour le délester de sa détresse et surtout de cette blessure ancienne qu'avait rouverte en lui la dernière phrase, pourtant inoffensive, de Cornevin.

V

— Je sais que certains choix sont difficiles.

Romain marchait le long du canal, en compagnie de son père. Par une sorte de solidarité avec les recalés du baccalauréat, le mois de juillet s'était déguisé en novembre. Le chemin de halage était complètement désert et le brouillard mangeait l'horizon. Ils avaient tous deux relevé le col de leur veste et enfoncé les mains dans les poches de leur pantalon. Romain n'osait pas tourner la tête vers cet homme de haute taille, bourru, presque toujours absent, dont il partageait la vie depuis dix-huit ans, et qu'il ne connaissait pas.

— Il vaut mieux que ce soit moi qui apprenne la nouvelle à ton père, avait dit maman avec des airs de sainte Blandine. Il rentrera tard. Monte te coucher.

Un climat d'apocalypse emplissait toute la maison. Romain eut même l'impression que les mains de Maryse tremblaient lorsqu'elle commença à débarrasser la table du dîner.

— Que va dire monsieur? avait-elle soufflé lorsque maman lui avait annoncé la catastrophe.

Ce n'était pas tout à fait une question. Plutôt une mise en garde. Maryse était un peu la mémoire de la famille qui l'avait engagée peu de temps avant la naissance du père de Romain. Lorsque papi et mamie s'étaient retirés dans la maison de Dinard, elle aurait pu les suivre, mais elle avait préféré rester ici, comme pour maintenir une tradition. Ou pour empêcher un drame.

Romain n'ignorait rien de la double personnalité de son père. D'un côté il gérait sa clinique avec une compétence et une réussite incontestables. Ce qui garantissait à la famille son aisance, même si l'époque fastueuse qu'évoquait parfois Maryse appartenait au passé. Le docteur Vidal était même une sorte de référence dans la région, pour sa disponibilité, sa patience. Et puis il y avait le mari taciturne et hautain, le père indifférent, s'accommodant parfaitement de l'adoration de sa femme et des silences craintifs de son fils. Romain n'en savait pas tellement plus sur lui que le personnel de la clinique. Il ne l'avait jamais vu au saut du lit, par exemple, pas encore rasé. Portait-il un pyjama ou dormait-il tout nu? Dormait-il seulement? Sa vaste chambre, qu'il occupait seul, était aménagée en bureau et il disposait d'une salle de bains personnelle. Certains dimanches, on ne le voyait pas et Maryse lui montait ses repas. Maman rôdait autour du piano sans l'ouvrir : le docteur Vidal travaillait.

Le travail du docteur Vidal, c'était une sorte de coulée de boue qui engourdissait toute la maison durant des dimanches entiers.

Parfois, au milieu de l'après-midi, il descendait, s'installait dans un fauteuil du grand salon, allumait un cigare et invitait sa femme à lui jouer quelque chose. Maman s'empressait. Elle prenait cette requête comme une brassée de fleurs, comme une demande en mariage. Comme la demande en mariage qui avait mis un terme, vingt ans plus tôt, à une possible carrière de concertiste. Elle jouait merveilleusement, comme devant une salle pleine. Elle était belle aussi, perdue dans sa concentration, dans la musique, ou dans son amour pour ce tyran qui peut-être la battait. « C'était magnifique, comme toujours », disait invariablement le docteur à la fin du concert que maman s'efforçait de faire coïncider avec celle du cigare. Et puis il se levait et remontait dans sa chambre. On aurait pourtant pu croire qu'il s'apprêtait à sortir, avec son veston boutonné et ses chaussures aux pieds. Romain n'avait jamais croisé son père en bras de chemise ou en chaussettes, dans la maison. Même en vacances, il avait une façon de marcher, de s'asseoir, de garder obstinément le silence, qui donnait à ses polos des carrures de blazers et à ses espadrilles des luxes de mocassins.

Ce matin-là, Romain entra sans méfiance dans la salle à manger où flottait pourtant une odeur inhabituelle qu'il ne reconnut pas tout de suite. C'était l'odeur du café. Pourquoi une odeur de café alors qu'il prenait du chocolat au petit déjeuner et que maman ne buvait que du thé, à toutes les heures du jour ? La réponse résidait dans l'homme cravaté assis à la table. Romain s'arrêta net sur le seuil.

— Oh, je...

— Entre. Viens manger. Maryse t'a entendu descendre, je crois.

Il avança dans la pièce, approcha jusqu'à pénétrer dans les effluves de mousse à raser, d'eau de toilette, enfin de docteur Vidal, et osa se pencher au risque d'être rabroué. Mais son père tendit la joue et il put y déposer un baiser sans que le plafond ne s'écroule sur sa tête.

Il prit place devant son bol vide. Le silence était d'une remarquable qualité, encore rehaussée par le crissement du pain sous la pression du couteau à beurre.

Maryse parut, apportant le chocolat fumant. Puis elle s'attarda, rangeant sur la table des ustensiles déjà parfaitement en ordre. Après quoi elle alla vérifier les plis des rideaux. Elle aurait bien encore trouvé d'autres occupations, mais le docteur l'en empêcha.

— Laisse-nous, Maryse, s'il te plaît.

Elle se retira à toute vitesse. Elle avait fait son possible pour s'interposer entre les adversaires et avait le sentiment du devoir accompli.

Le silence s'invita à la table pour prendre lui aussi son petit déjeuner.

Soudain, Romain sursauta. Son père venait de parler. C'était tellement inattendu qu'il lui fallut reconstituer la phrase après coup pour la comprendre.

— Ta mère m'a dit, pour ton bac.

Romain se tint prêt. Il allait devoir maintenant assumer les conséquences de ses méfaits. Il aurait dû dormir, cette nuit, au lieu de se retourner dans son lit. Il ne ressentirait pas ce vague écœurement. Il pourrait affronter l'avenir terrifiant que son père allait maintenant lui présenter comme une facture hors de prix à payer comptant.

— Il faut que nous ayons une conversation, toi et moi. Finis de manger. Ensuite nous sortirons. Nous avons des décisions à prendre.

« Toi et moi », « nous », autant de termes incongrus dans la bouche du docteur Vidal, ce champion du « je ».

Le silence qui les recouvrit était si dense que Romain eut l'impression que le bruit de ses dents s'enfonçant dans les tartines faisait trembler les murs et que chaque gorgée de chocolat s'ingéniait à imiter un évier qu'on débouche. Lorsque enfin il reposa sa serviette, son père se mit debout sans un mot et se dirigea vers la porte. Romain lui emboîta le pas malgré la soudaine et irrésistible envie de dormir qui venait de s'épanouir en lui sans prévenir.

— On va par là, dit le docteur en arrivant sur le perron.

Il avait désigné le canal d'un geste bref de la main. Ce n'était pas une suggestion. C'était là qu'on allait. Vers le chemin de halage, en plein dans le brouillard. Romain frissonna et releva le col de sa veste. Il jeta un coup d'œil en direction de son père. Le docteur, la tête penchée en avant, semblait suivre une idée fixe, une idée simple. Romain ne chercha pas longtemps quelle pouvait être cette idée. Une solution s'imposa presque aussitôt, la seule possible : son père projetait tout simplement de le balancer dans le canal. Par une matinée aussi fraîche, on ne risquait pas de rencontrer qui que ce fût. Le brouillard serait lui aussi une vraie protection contre les regards importuns. Un coup d'épaule et plouf. Ce serait réglé. Enfin, pas aussi facilement que cela, tout de même, parce qu'il savait très bien nager. D'autant plus que, maintenant qu'il avait deviné, la surprise n'ajouterait pas à la suffocation. Mais sans doute son père avait-il prévu une parade. Il prévoyait toujours tout. Il devait serrer une seringue emplie d'un paralysant quelconque dans sa main, au fond de sa poche. Il la lui planterait dans la nuque avec un ricanement terrible et tac, le coup d'épaule...

Ce qui paraissait le plus invraisemblable à Romain, ce n'était pas que son père voulût l'assassiner, non, ça, il le comprenait bien. Après tout il venait d'être refusé au baccalauréat, avatar qui ne s'était jamais vu chez les Vidal depuis l'inscription de cet obstacle au programme du grand steeplechase des ambitions. C'était plutôt qu'il continuait à avancer, sans même ralentir le pas, avec presque une sorte d'impatience, de volonté d'en finir un peu glaçante. Il y avait de quoi s'étonner tout de même. Il se demanda pourquoi la mort violente qui l'attendait dans quelques mètres, quelques secondes, l'effrayait moins que la survie. Et là non plus, la réponse ne se fit pas attendre : dans la survie, il faudrait repasser le bac, alors que la mort portait tout naturellement en elle une dispense.

— Je suppose que tu n'as pas profondément envie de te mettre au travail pour réussir l'an prochain, disait son père.

Il n'était pas surprenant qu'il tînt à bien s'assurer de ses intentions avant de commettre l'irréparable. En temps normal, Romain n'aurait jamais osé répliquer par la négative, il aurait louvoyé, se serait créé des bonnes intentions en carton-pâte, aurait promis un sursaut d'opérette. Mais là, s'il brouillait le moins du monde l'image totalement coupable qu'il donnait de lui-même ce matin, la main du bourreau pourrait trembler et il ne serait peut-être pas tué tout à fait, mais infirme à jamais. Et ça, évidemment, c'était pire que le pire. Il acceptait de mourir, puisqu'il l'avait mérité, mais souffrir, c'était trop exiger de lui.

— Non, je n'en ai pas envie, déclara-t-il avec une vaillance de mousquetaire. En réalité j'aurais aimé faire tout autre chose. Je sais que je vous déçois, mais le baccalauréat, je n'en veux pas. Et je n'en veux pas surtout parce que je ne veux pas de ce qu'il y aurait après.

— Et tu as une suggestion, pour après, justement?

— Oh oui! Il n'y a qu'une chose qui m'intéresse, depuis que je suis tout petit. C'est le théâtre. Comédien, voilà ce que j'aurais aimé.

Le docteur Vidal broncha devant l'obstacle.

— Comédien?

Il avait répété le mot en détachant bien les syllabes, comme pour en conjurer le sens, bien qu'il doutât très certainement qu'une signification réelle, concrète, pût correspondre à cette dénomination diabolique, sibylline, tout enveloppée d'effluves délétères.

— Je sais que certains choix sont difficiles, dit-il très vite en s'extrayant douloureusement de l'ornière où un simple mot l'avait précipité... Mon grand-père était médecin, mon père l'était et a fondé la clinique, je le suis et je crois la diriger au mieux. J'avais espéré te confier cette charge. Je veux bien admettre que c'est au-dessus de toi et je ne peux pas t'en vouloir. Je conçois même que ta mère ait pu te transmettre une certaine attirance pour la vie d'artiste. Mais de là à renoncer à tout et à devenir un pitre, il y a une marge.

— Mais il ne s'agit pas de devenir un pitre!

C'était l'héroïsme du poteau. La grâce qui touche parfois les condamnés à mort les plus lâches à la toute dernière seconde, celle où le peloton d'exécution est déjà en joue. Avant d'être englouti dans les eaux fatales du canal, Romain venait de décider qu'il aurait le panache de crier « Vive le théâtre ! » comme d'autres ont lancé « Vive la France ! », « Vive la République » ou « Vive la Liberté » sous la mitraille.

— C'est de théâtre que je vous parle. Il est question de diffuser de grands textes, d'en faire goûter la musique intérieure, d'incarner les émotions qu'ils recèlent. Ces textes sont d'ailleurs en bonne place dans votre bibliothèque. C'est là que je les ai dévorés dès que j'ai su lire. Au début, je ne les comprenais pas. J'avais beau les lire et les relire, je ne les comprenais pas. Et puis, un jour, je ne me suis plus contenté de les lire avec les yeux, je les ai lus à voix haute, je les ai dits, je les ai interprétés, et là je les ai entendus. Sentis. Je les ai reçus. C'était beau. Je vous assure que c'est émouvant, un texte qui, tout à coup, s'ouvre. J'avais l'impression qu'une lumière sortait de ma bouche. C'est cela que je voudrais. Que d'autres que moi puissent voir sortir cette lumière de ma bouche.

Une phrase de conclusion lui vint pour parfaire sa plaidoirie. Elle lui parut forte et juste : « Ces gens qui m'entendraient, je leur apporterais du bien-être, et là, nous ne sommes pas si loin de la médecine », mais il la ravala, car il doutait, et sans doute à raison, des capacités de mise en perspective que le docteur Vidal pouvait avoir de sa propre pratique. Aussi laissa-t-il retomber le silence sur un inachèvement qu'on aurait pu prendre pour de l'indécision. Ce fut sa chance. Son père était bien résolu à renvoyer les balles les plus violentes, les passing-shots les plus pervers, mais là, justement, il n'y avait pas de balles. Ou elles s'étaient perdues dans le brouillard du canal.

— Franchement, tu me troubles, finit-il par avouer en s'arrêtant sur le chemin de halage, les yeux baissés sur le bout de ses chaussures.

Une sorte d'instinct avertit Romain qu'il convenait de ne rien faire, de se taire, de s'astreindre à l'immobilité du souverain qui, selon son humeur, allait lever le pouce et lui laisser la vie, ou au contraire le diriger vers le sol et décréter sa fin.

— Rentrons, il ne fait pas chaud, dit César Imperator en tournant les talons.

Ils longèrent le canal dans l'autre sens, mais cette fois c'était le bourreau qui marchait du côté de l'eau. Romain venait, contre toute attente, de sauver sa tête.

On ne prononça plus une parole jusqu'à la maison. Lorsqu'ils franchirent le seuil, Maryse accourut. Elle ne dit rien, mais Romain vit bien qu'elle le considérait avec le soulagement mêlé d'effroi que déclenche l'apparition d'un miraculé.

— Un café bien chaud nous fera du bien, décida le docteur. Nous serons dans la bibliothèque.

Aussitôt le soulagement fondit comme neige au soleil dans le regard de Maryse et l'effroi régna en maître, la clouant sur place. Romain lui-même se résigna à revoir sa gaieté toute neuve à la baisse. Le décor changeait, mais le drame restait au programme. Simenon s'effaçait courtoisement devant Agatha Christie. Au lieu de flotter sur un canal glacé, le corps serait retrouvé recroquevillé au fond d'un confortable fauteuil de cuir, entre les rangées de reliures repoussées et dorées au fer. Il n'était plus question de bousculade ni de seringue. Un moment d'inattention suffirait. Son père lui désignerait une édition rare de Racine, de Molière, là-haut, près du plafond. Romain se retournerait et, en une seconde, la petite fiole serait extraite de sa cachette, vidée dans la tasse de café et prestement escamotée. Là encore, le poison serait indécelable. Parce que, tous ces dimanches que le docteur passait dans sa chambre-bureau, à quoi pouvaient-ils être consacrés, sinon à l'élaboration d'une potion maléfique destinée à rayer son fils de l'ordre des vivants? À peine furent-ils installés face à face que l'assassin s'employa à endormir la vigilance de sa victime en s'adressant à elle sur un ton d'où toute trace d'animosité semblait évacuée :

— Si je t'ai bien compris, tu as évoqué une sorte de vocation. Si c'est le cas, je ne vais certainement pas m'y opposer. J'ai déjà contrarié celle de ta mère et, au fond, je m'en suis toujours voulu, même si elle a renoncé d'elle-même et que, finalement, nous n'en avons jamais réellement discuté. Mais les voyages, les concerts, tout cela, avec moi ici à la clinique, notre couple n'y aurait pas résisté. Elle a eu raison, je pense. Pour toi, c'est différent. Tu serais libre. Seulement, s'agit-il vraiment d'une vocation, et pas d'une envie, d'une lubie... d'une échappatoire de cancre ?

Romain se sentit poignardé par l'éclat qui passa alors dans les yeux de son père. Quelle naïveté d'avoir imaginé tout ce bric-à-brac de littérature à bon marché : le poison, la fiole... Un regard comme celui-ci pouvait le tuer bien plus sûrement que n'importe quelle substance toxique. Le crime vraiment parfait. *Très atteint par son échec au baccalauréat, un jeune homme meurt d'une crise cardiaque sous les yeux épouvantés de son père.* Mais la lueur meurtrière ne dura qu'une seconde. C'était un coup d'essai, de semonce. Un avertissement. Le docteur poursuivait :

— La médecine diffère en ceci de la comédie : il n'y a pas de médecins amateurs. Dans la famille, nous sommes médecins de père en fils. J'admets que cela puisse changer. Mais il n'y a pas de place, chez nous, pour les amateurs. Et il n'y en aura pas... Alors, tu veux être comédien ? Très bien. Mais ce sera le Conservatoire et, si possible, la Comédie-Française... En tout cas, le Conservatoire... Il paraît que le concours d'entrée est très sélectif. Tant mieux... Alors voici ce que je te propose : tu vas préparer ce concours. Tu auras toutes les facilités, matérielles et autres. Si tu échoues, nous n'en conclurons pas que tu t'es trompé de voie. Si tu échoues l'année suivante, nous accepterons de parler de malchance. Mais si tu n'es pas reçu la troisième fois, ce sera fini et tu ne pourras plus compter sur moi. Ni sur mon aide financière, ni sur mon estime. Tu seras d'ailleurs majeur et libre alors de te lancer dans n'importe quoi, y compris dans une aventure dégradante et de mériter l'étiquette de « pitre » qui t'a tellement choqué tout à l'heure... Bon, je vais à la clinique, je suis déjà en retard... Dis à Maryse que je n'ai pas pu attendre son café.

Il s'était levé, avait passé la porte et Romain s'était retrouvé tout seul, vivant, absous, et candidat officiel au Conservatoire, où il avait été admis dès son premier essai, ce qui lui avait valu un commentaire du docteur trahissant sa pleine satisfaction.

Romain avait traversé le parc pour se rendre à la clinique afin d'apprendre la bonne, et somme toute inespérée, nouvelle à celui qui lui avait désigné ce chemin comme le seul praticable. Le docteur étudiait des radios sur le mur lumineux. Romain fit éclater sa petite bombe dans le dos de son père d'une voix aussi calme que possible, mais où devaient bien luire quelques paillettes involontaires de fierté. C'était tout de même un succès. Et à la première tentative. Il s'agissait là d'ailleurs de la première grande victoire de sa vie.

Le docteur s'immobilisa. Romain vit ses épaules se contracter. La radio qu'il tenait à la main resta en suspens à quelques centimètres de la paroi lumineuse où il s'apprêtait à la plaquer. Pendant une seconde ou deux, il ne bougea plus du tout, puis la vie reprit et il termina son geste.

— Bon, dit-il sans se retourner.

VI

— L'Exempt, tu te rends compte ? Il m'a proposé l'Exempt !

Des coups, il en avait reçu, depuis ses débuts, mais cette fois il tombait de si haut ! Ce n'était pas tellement la proposition elle-même qui le blessait, c'était d'avoir supposé qu'on pouvait lui confier davantage que des miettes dans ce genre d'entreprise. Comment avait-il pu imaginer que Cornevin allait lui proposer d'interpréter le personnage de Tartuffe, à lui, un pitre ? Parce que, il ne devait pas se le cacher, il n'était pas autre chose. « Mais il ne s'agit pas de devenir un pitre », s'était-il insurgé au bord du canal. Quarante ans plus tard, toutes les craintes du docteur se voyaient confirmées. Au fur et à mesure que son nom grossissait sur les affiches, Romain devait renoncer un peu plus à ses utopies de jeune homme. Il n'avait même pas l'excuse du besoin d'argent. Il en gagnait beaucoup, de plus en plus, à ne plus savoir qu'en faire, alors que les revenus de la clinique dont il avait hérité à la mort de sa mère le mettaient à l'abri des soucis. S'il mourait demain, il laisserait une vraie fortune, et il n'avait plus de famille.

Le docteur Vidal avait eu le bonheur de mourir dans la peau d'un père de sociétaire de la Comédie-Française. Il n'avait pas assisté à l'expulsion à bas bruit de la Grande Maison, par un beau jour de réunion du comité coupeur de têtes. Ni à la mort de Jeanne pour qui Romain l'avait vu plus d'une fois tenter d'inventer des sourires. Ni à la lente trahison de ses idéaux par son fils qu'il n'aurait pas manqué d'accuser d'avoir choisi la notoriété à tout prix, alors que, bien sûr, la plupart du temps, on ne choisit pas. On avance, à tâtons. On pose un pied devant l'autre. On travaille. Un engagement se présente qu'on accepte parce qu'on ne voit pas de raison de le refuser. C'est une aventure. On ne saura qu'après que c'était une erreur. Et, un jour, on se réveille au milieu d'un paysage inconnu. Tout le monde vous dit que vous êtes arrivé. On vous félicite, même. Comment expliquer à tous ces gens si bien intentionnés que vous vous êtes trompé quelque part, que ce n'était pas là que vous vouliez aller ? Alors, on remercie, on boit un verre entre amis. Et puis il y a la scène, le feu des projecteurs qui étourdit, les applaudissements, les rires, les retrouvailles chez Marinette, les jolies femmes qu'on raccompagne, tout ce mouvement qui fait croire qu'on progresse alors qu'en vérité on reste tout à fait immobile, pieds joints, bras le long du corps, et on s'enfonce. On n'en finit pas de couler, à pic. De sombrer. Parfois, l'espace d'un instant, la réalité pointe son nez et on mesure brièvement où on en est, jusqu'où on en a. Aux genoux, à la taille. Mais ça ne dure jamais. Rien de plus fugitif, au fond, que l'essentiel.

En se retrouvant sur le trottoir, à la sortie de l'administration du théâtre Jacques-Copeau, Romain a subi une de ces brèves attaques de clairvoyance. Il a nettement senti que les sables des concessions lui agaçaient le menton, que le moment ne tarderait plus où il en aurait plein la bouche. Mais il s'est mis à marcher, il s'est mis à penser à sa honte, à sa révolte. Il s'est mis à penser à son père, aussi, à la mort de son père. À l'indifférence inavouable où l'avait laissé cet événement. À l'exaspération, même, qu'avait provoquée chez lui la douleur de sa mère.

Il habitait alors à Paris et ne revenait dans la maison familiale que très exceptionnellement. En fait, depuis son admission au Conservatoire, il n'y était retourné que deux fois, et les deux fois en compagnie de Jeanne. Comme protégé par sa présence. Pour l'enterrement de mamie puis, trois mois plus tard, pour celui de papi. Sa mère venait parfois passer quelques jours à Paris et il l'emmenait un peu partout, plutôt satisfait, en somme, de présenter à tout le monde cette femme très élégante, cultivée comme on ne l'est plus qu'en province, et encore belle. En une ou deux occasions, aussi, elle avait accepté de s'asseoir au piano et Romain avait éprouvé, sans remords, la fierté ostentatoire du montreur d'animaux savants, dans les cirques.

C'est Jeanne qui avait décroché le téléphone. Romain l'avait vue devenir encore un peu plus jolie, le visage grave, les yeux baissés, recueillie. Une madone d'église. Il avait eu envie d'aller l'embrasser. Et en même temps quelque chose lui soufflait de se préparer à un séisme.

— Voulez-vous qu'il vienne? Que nous venions? disait Jeanne.

Elle écouta encore avant de murmurer :

— Oui, oui, je vous embrasse.

Et elle raccrocha. Puis elle lança vers Romain un regard muet, comme un appel à l'aide.

— C'était mon père? demanda-t-il. Il est arrivé quelque chose à ma mère?

Dans son esprit, il ne pouvait en être autrement. Il était déjà miraculeux qu'elle ait pu supporter jusque-là cette vie d'admiration, de dévouement, de soumission. Qu'elle ne se soit pas évadée. Elle n'avait pas trouvé d'autre procédure que la mort pour se sortir de là.

— Non, c'était ta mère. Elle ne viendra pas cette semaine. C'est ton père qui a été opéré et qui se rétablit moins rapidement que prévu.

— Opéré?

— Oui, de la hanche. L'opération s'est bien passée, mais il a de la fièvre. Elle rappellera demain.

Mais le téléphone avait sonné dès le soir. Romain avait entendu très nettement les sanglots que sa mère croyait réprimer.

— On l'a conduit à l'hôpital, en réanimation. Il est intubé et ne parle plus. Mais il est conscient. Il écrit sur un petit carnet. Et il veut te voir.

— Moi ?

— Je lui ai dit qu'il serait préférable d'attendre que ça aille mieux, mais il s'est agité et a souligné ce qu'il venait d'écrire. Ça m'a fait peur. On aurait dit tout d'un coup qu'il était certain de ne pas se remettre. Mais c'est stupide puisqu'il est en réanimation. On s'occupe bien de lui et il va guérir.

— Je serai là demain vers midi.

— N'est-ce pas ? Tu le crois, toi aussi ?

— Quoi ?

— Qu'il va guérir ?

Pour la première fois, Romain eut la sensation de tenir entre ses mains la vie de quelqu'un. Un « non » suffisait, et maman mourrait à l'instant. La tentation l'effleura de le prononcer, juste pour vérifier, tant il est vrai que tout pouvoir n'existe vraiment que lorsque l'on en constate les effets.

— Bien sûr, qu'il va guérir.

Il avait dit cette simple phrase pour sauver la vie de sa mère, évidemment, mais aussi parce qu'il pensait sincèrement que son père ne pouvait pas raisonnablement mourir des suites d'une banale poussée de fièvre. Le docteur Vidal ne disparaîtrait que dans un accident de voiture, un avion en

85

flammes, un tremblement de terre. Ou alors il expirerait dans sa chambre, gorgé d'années, entouré de sa famille, de tout son personnel et de la foule immense de ses patients reconnaissants.

Détendu, presque insouciant, Romain avait passé le voyage à revoir le rôle qu'il devait reprendre à la fin de la semaine. Le spectacle avait tenu l'affiche en alternance avec succès la saison précédente et on donnait une nouvelle série de représentations. Les critiques ne reviendraient pas, les spectateurs s'installeraient dans leur fauteuil avec un *a priori* favorable. Ce serait une aventure tranquille. De celles qui vous permettent de goûter pleinement le plaisir d'être en scène. De celles aussi qui suscitent quelques petites impatiences, une vague frustration, des envies de risques, de mise en danger.

Le bâtiment de réanimation n'en était pas un. Entre deux pelouses un chemin étroit reliait le service des urgences à un pavillon exigu et très clair qui ne contenait qu'un hall désert et deux ou trois bureaux. Il y avait aussi une porte d'ascenseur et l'amorce d'un escalier qui s'enfonçait dans le plancher en tournant, du genre de ceux qui conduisent aux toilettes, dans les restaurants. Romain rendit grâce pêle-mêle aux promoteurs qui avaient fait raser le service pendant la nuit et à l'administration qui n'avait pas encore débloqué les fonds nécessaires à sa construction, avant de conclure qu'un escroc avait détourné les crédits alloués à l'établissement. L'affaire ne tarderait pas à s'étaler dans les journaux. Toutes ces fables étaient d'autant plus séduisantes pour Romain qu'elles contrariaient également sa confrontation avec son père malade, peut-être mal rasé et décoiffé. Mais la jeune secrétaire en blouse blanche pilotant le bureau des admissions renversa tous ses garde-fous. Le service existait bel et bien, mais était entièrement déployé au sous-sol. On demanda son identité, on inscrivit son nom dans un registre et on le pria d'emprunter l'ascenseur. Dès que les portes se refermèrent, il fut pris d'un trac énorme, comme si, à l'arrivée, l'attendait une salle pleine, hostile, exigeante, impossible à convaincre, à charmer.

Il déboucha sur un hall identique à celui du dessus, moins la lumière du jour. C'était un endroit tout à fait banal et inexplicablement terrifiant. Il y avait trois sièges dépareillés rangés contre les murs. Il ne manquait plus qu'une cheminée supportant un barbedienne, et c'eût été un décor idéal pour *Huis clos* de Jean-Paul Sartre. L'infirmier qui lui tendait une blouse, un bonnet et des chaussons semblait lui-même parfaitement distribué dans le rôle du *garçon*.

Ce guide impavide le précéda dans un long couloir de béton peint en vert, sans fenêtre, éclairé par des tubes de néon fixés au plafond à intervalles réguliers. En haut du mur de droite couraient divers tuyaux de couleur. Sans doute des gaines contenant des fils électriques et des conduites de gaz ou d'eau, peut-être aussi de l'air conditionné. Ils passèrent devant plusieurs portes vitrées ouvrant sur des mystères qu'un store baissé sauvegardait. Là se livraient des batailles incertaines. Romain voyait défiler des images de films où un faux médecin, habillé un peu comme lui, justement, se glissait dans l'une des chambres. Sur le lit gisait un patient cerné par diverses machines dont deux surtout s'emparaient à la seconde des nerfs du spectateur. La première à cause du bruit. C'était le soufflet du respirateur qui soulevait et abaissait régulièrement la poitrine du malade. La deuxième sollicitait le regard. Il s'agissait d'un écran où dansait une petite ligne verte qui bondissait tous les deux ou trois centimètres et constituait la preuve indiscutable que quelqu'un vivait là, malgré la privation de toute autonomie. Dans les films, le patient ouvrait les yeux en entendant entrer l'inconnu. Il le reconnaissait aussitôt, mais restait incapable d'appeler au secours à cause du tube dans la trachée et n'avait pas assez de force pour se dresser, s'asseoir, s'enfuir en arrachant tous ses branchements. Non, il ne pouvait rien faire et, tandis que l'intrus s'apprêtait à déconnecter les appareils, la caméra s'approchait du visage blême de la victime. On pouvait lire l'épouvante dans ses yeux aux pupilles dilatées par l'angoisse ou les produits qui circulaient dans ses veines pour le ramener à la vie. Impitoyable, l'exterminateur sectionnait tuyaux et fils électriques. Il y avait un plan sur le soufflet du respirateur qui s'abaissait pour ne plus se relever, un plan sur la poitrine du gisant qui s'effondrait, un sur l'écran où la ligne verte se transformait en trait continu, tout à fait plat ; et le dernier sur le regard où la peur se diluait lentement dans l'absence. Le meurtrier quittait alors tranquillement la pièce, refermait la porte sans bruit, s'éloignait dans le couloir aux gaines multicolores, passait devant le bureau d'accueil sans être vu grâce à une astuce qui variait selon le film, sortait dans la cour de l'hôpital, ses vêtements de protection roulés sous le bras. Il regagnait la rue et remontait dans sa voiture. Arrivé chez lui, il brûlait les vêtements médicaux et les gants. La police n'avait plus qu'à classer le dossier.

Romain se sentait fait de cette étoffe-là. S'il n'avait pas été comédien, il aurait beaucoup aimé être tueur à gages. Ce qui l'attirait, c'était ce sang-froid. La sûreté de la main. On agit. On ne pense plus. Il ne faut plus penser, si l'on veut agir. Il faut se nier soi-même pour devenir cet autre qui va accomplir les gestes qu'on a programmés pour lui. Exactement comme un comédien qui entre en scène, en fait. Et la victime, alors, c'est le trac. On le tue. Dans la loge, dans la coulisse, jusque dans le pendrillon de toile noire bordant la scène, c'est encore soi, avec sa peur ; et puis on pénètre dans la lumière et déjà c'est l'autre. Il vient d'éliminer l'inquiétude, il parle, il rit, il marche. S'il doit tenir une feuille de papier à bout de bras, elle ne tremblera pas. On n'a plus droit à la parole, on n'est plus que le commanditaire. Le héros, c'est l'autre. Lui ne connaît ni la douleur ni le doute. Il se pavane et, si un trou de mémoire se présente, il tombe dedans à la seconde et s'y perd corps et biens car, contrairement à soi, il n'a pas prévu qu'un contretemps pourrait arriver.

Le *garçon* s'était arrêté devant une porte, semblable aux autres. Romain aurait bien aimé être au théâtre et que son double, justement, entre là à sa place. Il se dit aussi que, si l'homme repartait, il lui serait impossible de retrouver seul son chemin. Il devrait rester là éternellement auprès de son père malade, méconnaissable qui sait, sans savoir où aller. Accusé, éventuellement, d'avoir changé la ligne verte bondissante en trait plat. Il n'avait même pas de gants. Il laisserait ses empreintes partout. Parviendrait-il seulement à supporter le regard de son père? Et comment allait se passer cette confrontation?

La porte ouverte, Romain fut fouetté par plusieurs perceptions simultanées. Il y eut d'abord le souffle du respirateur, puis le *bip* aigu de la ligne verte sur l'écran. Mais il y avait aussi une odeur étrange, un peu fade, qui n'était ni celle des malades ni celle des gens en bonne santé. Était-ce alors celle des morts? Là seulement il vit sa mère, debout à côté de l'étroit lit-brancard environné d'appareils nickelés, courbée au-dessus de l'énergumène couché là. Elle tarda un peu à lever la tête et à regarder vers la porte. Elle avait dans les yeux, au-delà des larmes, une expression violente qu'on pouvait interpréter comme de la colère. Romain ne comprit pas tout de suite que ce dernier élément était bien réel. Il se sentit immédiatement coupable et s'apprêta à demander pardon. Mais déjà sa mère venait vers lui, l'entourait de ses bras, presque enjouée :

— C'est bien que tu sois là, il te réclame sans arrêt.

Et puis, en l'embrassant, elle chuchota, tout près de son oreille :

— Il est perdu.

Romain trouva d'abord cette précaution inutile mais, en se tournant vers son père, il s'aperçut qu'il devait entendre tout ce qui se disait dans la pièce. Trois pas suffirent à l'amener à la tête du lit. Son père avait la peau grise, et quelques poils sous son menton avaient échappé au rasoir. Il y avait aussi deux petites coupures sur la pommette. Les cheveux en bataille semblaient cassants. Romain pensa à de l'herbe sèche. Il vit aussi la trace de pâte blanche qui s'était accumulée aux coins des lèvres closes. Sans l'ardeur du regard, c'eût été un cadavre. Mais le docteur ne quittait pas son fils des yeux. Romain se pencha et posa doucement un baiser sur le front tiède. Son père abaissa les paupières et ne les releva que très lentement, avec un peu de retard. Par paresse, ou par regret.

Maman avait repris sa faction près de son mari, de l'autre côté du lit, tout contre la main droite refermée sur le carnet et le crayon. Elle restait là, prête à recevoir un ordre, à satisfaire un caprice. Tout à fait immobile. Sans même essuyer les larmes qui lui descendaient dans le cou.

Justement, la main venait de bouger, le crayon se piquait à la verticale sur la petite page blanche. Le docteur écrivait à l'aveugle, les yeux fixés au plafond, comme de mémoire. Il traça patiemment quelques mots, puis le poignet retomba mollement. Maman arracha le feuillet et lut le message. La lecture devait être difficile, car il lui fallut du temps pour comprendre. Puis elle eut une sorte de hoquet, comme si elle avait reçu un coup de poing dans l'estomac, et elle sortit précipitamment.

Peut-être était-ce ce qu'attendait son mari, car aucune inquiétude ne voila son regard, et il se mit presque aussitôt en action. Sa main gauche s'éleva péniblement et s'écarta de son corps, à la recherche de quelque chose, du côté de Romain qui dans un mouvement réflexe la prit dans la sienne. Mais, à sa surprise, son père ne l'entraîna nulle part. C'était le but de son geste : il voulait seulement lui tenir la main. Ce fut une étreinte à la fois vigoureuse et douce. Celle d'un enfant qui craindrait de s'égarer dans la foule. Romain observa le visage de son père. Il avait un peu tourné la tête vers lui et le regardait. D'un regard étrange, tout d'abord illisible. Romain chercha dans son souvenir une circonstance dans laquelle son père aurait pu le gratifier d'un tel regard. Aussi loin qu'il remontait dans sa mémoire, il n'en trouva pas d'équivalent. Et pourtant, c'était une sensation familière. Il ne se troubla pas et choisit d'en profiter. Il se coula dedans, et son père perçut sans doute cette connivence, car il le maintint fébrilement dans ces liens inconnus que Romain reconnaissait pourtant. Longtemps il y eut entre eux ce questionnement. Puis Romain finit par déchiffrer ce regard dont son père le caressait avec tant de patience : c'était un regard de maman.

Il dut avoir alors une expression d'indécision ou de gêne. Ou d'émotion puisque sa gorge se noua et qu'il ne réussit pas à parler, à prononcer ces simples mots qui auraient suffi à les réunir tout à fait. C'était pourtant facile de dire : « Papa, je vous aime », ou même seulement : « Papa. » Mais il n'y parvint pas. Il ne dit rien. En tout cas, avec la voix il ne dit rien. Avec les yeux peut-être...

Avec les yeux, sans doute, car une sorte de sérénité éclaira ceux de son père qui souleva la main de son fils qu'il tenait toujours serrée dans la sienne. Romain, ignorant ce qu'il projetait, ne pouvait l'aider. Il se contenta de s'abandonner. Le voyage dura longtemps. Jusqu'à ce qu'il sente sur sa peau les lèvres immobiles de son père. C'était un baiser. D'adieu. D'amour. Un baiser d'amour.

Lorsqu'il referma la porte de la chambre derrière lui, Romain demeurait tellement désemparé qu'il ne lui vint pas à l'esprit qu'il avait sans doute vu son père pour la dernière fois. Il avait plutôt l'impression vague que quelque chose venait de débuter. Pourtant il ne le revit pas. Il ne put même pas assister à l'enterrement, car il jouait en matinée ce jour-là. À sa première relâche, lorsqu'il put enfin faire le déplacement, sa mère l'accompagna au pied du monument familial où l'amoncellement de fleurs commençant à se corrompre et à dégager une odeur douceâtre donnait trop de présence au cadavre enfoui là qui avait déjà, sans doute, entrepris de se dissoudre. Maman sanglotait doucement. Romain se remémora sa visite à l'hôpital : sa mère attendait, assise dans le couloir, tout près de la porte de la chambre. Elle lui avait tendu sans un mot la petite page de carnet où son père avait parlé pour la dernière fois.

C'était une écriture d'école maternelle, presque un dessin abstrait. Il fallut du temps à Romain pour donner un sens à cette unique ligne tremblée où, alpinistes en péril, les mots s'accrochaient les uns aux autres. À ce qui constituait peut-être le dernier message de tendresse d'un mourant pour celle qu'il laissait là, en perdition. Et puis il finit par s'y retrouver, dans cette énigme, et comme on ne voit plus que l'animal caché parmi les feuillages dans les jeux des journaux, alors qu'il a été si difficile à repérer, il s'étonna d'avoir eu tant de peine à la résoudre.

Et il y repensait, là, debout au bord de la pierre couchée où pourrissaient les fleurs, insensible à tout, incapable d'éprouver la plus sommaire des émotions. Avec les sanglots de sa mère qui l'accusaient, qui montaient en épingle le scandale de son indifférence. Oui, il revit le petit griffonnage sur la page du carnet. Et il ressentit même une satisfaction lâche à se découvrir d'accord avec son père, à se ranger dans son camp, à l'avoir pour complice. Comme s'il avait guidé la main du mourant lorsqu'elle avait écrit : « Arrête de pleurer. »

VII

— L'Exempt, tu te rends compte? Il m'a proposé l'Exempt!

Une fois réfugié chez lui, après son rendez-vous avec Cornevin, Romain a bien essayé de reprendre pied, mais il a su très vite qu'il ne s'en sortirait pas sans s'agripper à une branche, ou à la main d'un ami. Dans son milieu, les branches n'existent pas. Ou alors, elles sont destinées à la décoration. À l'apparat. Aux apparences. Aux cérémonies de remise de récompenses, avec leurs tresses de mensonges obligés qu'on s'autorise pour évoquer les équipes, les soutiens, la fameuse grande famille du Théâtre, pendant que les battus applaudissent à tout rompre, la rage au cœur, à leur propre défaite. Le reste du temps, on peut bien se noyer, personne ne viendra vous tendre une branche pour vous ramener sur la berge. Certains en ont bien une, pourtant, ils la brandissent vers vous, mais c'est pour vous taper sur la tête, c'est pour vous faire couler.

La main d'un ami, alors? Romain a téléphoné à Serge.

— J'arrive, a dit la voix rieuse.

— Ça ne te dérange pas?

— Si, mais ce sera un test. Si la dame ne comprend pas que les copains passent d'abord, et si je ne la retrouve pas en rentrant, il n'y aura pas de regrets à avoir.

— Non, écoute! Ça peut attendre ce soir, ou demain.

— Menteur... J'arrive.

Et une demi-heure plus tard il sonnait à la porte.

— Tu vas me haïr quand tu sauras pourquoi je t'ai demandé de venir.

— Romain, *l'unique objet de mon ressentiment!* déclama Serge en se drapant dans les pans de son pardessus.

Déjà, le sol s'affermissait sous les pieds de Romain qui se lança sans délai dans le récit de son entrevue avec Cornevin. Tout en parlant, il s'affairait, débarrassant son ami de son écharpe, de son manteau, le faisant asseoir, lui servant à boire, se levant sans raison, regagnant son siège pour quelques secondes avant de se dresser à nouveau. Et tout cela en racontant, en interprétant le rôle de Cornevin et le sien, leurs attitudes, leurs intonations.

— ... Il m'a proposé l'Exempt!

Serge n'avait pas prononcé un seul mot jusquelà. Il avait maintenant la mine grave, et Romain s'interrompit. Son ami allait prendre la parole et toute cette sale affaire serait balayée par un éclat de rire. Il se dit que c'était peut-être pour cela qu'il avait fait appel à lui : pour l'entendre rire. Pourtant, il y eut un long silence.

— Tu as refusé? interrogea enfin Serge, soucieux.

— Non, je suis parti sans rien dire.

— Et lui, il ne t'a pas retenu?

— Non... Enfin si, il m'a dit qu'il me gardait la préférence jusqu'à la fin de la semaine.

— Bon, alors tu peux le rappeler? s'écria Serge soudain soulagé.

— Pour quoi faire?

— Pour accepter, bien sûr!

— Pour accepter de jouer l'Exempt? Mais tu es fou!

— Bien sûr que je suis fou! Heureusement pour moi. Je croyais que tu l'étais aussi...

Serge ne souriait pas. Tout se passait comme s'il parlait sérieusement.

— Tu parles sérieusement?

— Et comment! Tu sais qui va jouer Tartuffe?

— Non. Quelle importance?

— L'importance, c'est qu'un rôle, c'est aussi relatif. Interpréter le docteur Watson lorsque c'est Basil Rathbone qui joue Sherlock Holmes, ou lorsque c'est mon voisin de palier qui porte le macFarlane et la casquette de voyage, c'est tout à fait différent. Alors, j'ignore qui va jouer Tartuffe,

Orgon, Elmire et les autres, mais tu peux être certain que ce ne sera pas très loin de James Dean, Clark Gable et Marilyn Monroe auxquels Cornevin a pensé en premier, mais qui ne sont pas disponibles en ce moment. À ta place, j'y réfléchirais à deux fois avant de décliner l'offre. Parce que tu vas accrocher ton wagon à un train de prestige et que pour les gens, les professionnels de la profession, ça compte. La seule raison valable pour refuser, ce serait de ne pas être capable de jouer l'Exempt, et là-dessus tu ne crains personne, tu es même surqualifié. Si ça se trouve, tu seras le seul comédien de la distribution à avoir déjà dit des vers sur une scène. Tu vas les épater, mon gars.

Il se mit à rire, mais il n'y avait là aucune moquerie. Seulement du plaisir. Celui de penser que son ami allait épater les gens. C'était un rire de gourmandise. Une sorte de roucoulement.

— Pour le moment, dit Romain, c'est toi qui m'épates. Je ne m'attendais pas à entendre ça.

— Ah non ? Tu aurais préféré que je te berce avec des : « Laisse tomber, vieux, tu es bien au-dessus de ça. » Et puis je me serais levé : « Excuse-moi, il faut que j'y aille », j'aurais dit. Et je me serais précipité au bistrot du coin pour téléphoner. « Allô, allô, monsieur Cornevin, oh monsieur Cornevin, j'adore ce que vous faites ! J'ai tous vos disques à la maison ! Je viens d'apprendre que vous cherchiez un Exempt pour votre *Tartuffe*. Accepteriez-vous de me recevoir monsieur Cornevin, s'il

vous plaît, de grâce, je vous en supplie, par pitié ! »
Parce que c'est ce que ferait n'importe qui, à ma
place, je t'assure... D'ailleurs, est-ce que je peux
téléphoner ?

Et il se mit à rire vraiment.

À la seconde, Romain se sentit plus libre et le
carcan de révolte qui l'étouffait relâcha son
emprise. Ne patrouillaient plus maintenant derrière son front que des réticences raisonnables.

— Mais tout de même, là où j'en suis dans ma
carrière..., dit-il.

— Tu sais aussi bien que moi qu'on en est
toujours à la fois au début et à la fin, à balbutier son
chant du cygne.

Ils gardèrent tous deux le silence pendant un
long moment, puis Serge lui tapota le genou :

— Imagine que tu sortes du Conservatoire. Tu
as vingt et un ou vingt-deux ans ; vingt-cinq même,
si tu veux. Et Cornevin te propose l'Exempt dans
son *Tartuffe*. Qu'est-ce que tu fais ?

— J'accepte, bien sûr, sans hésiter.

— Tu vois bien.

— Mais dans ta fable, j'ai vingt-cinq ans !

— Et alors ? Ce qui est bon pour un jeune
homme ne serait pas bon pour un croulant au bord
de la retraite ?

Romain était déçu. Il avait appelé Serge au
secours pour que son ami le conforte dans son
rejet, dans son refus, dans son indignation, et voilà
qu'il entendait un discours contraire. Il se leva,

essaya de marcher un peu dans la pièce, comme si le mouvement avait le pouvoir de décoller les unes des autres ses pensées qui s'étaient agglutinées, mises en fagot dans sa tête. Mais son malaise subsista et il revint s'asseoir. D'ailleurs il n'était plus très sûr d'avoir appelé Serge pour qu'il l'aide à dire « non » à cette proposition qu'il continuait de considérer comme humiliante. Et si, au fond de lui, il n'avait escompté qu'un encouragement, un petit coup d'aiguillon, pour dire « oui » ? Et s'il avait le désir fou de jouer dans ce spectacle, de jouer n'importe quel rôle de ce spectacle ? De participer à cette aventure ? De vivre une aventure, justement ? D'avoir vingt-cinq ans ?

— Mais que vont dire les gens ?

— Quels gens ? Ceux à qui Cornevin n'a rien proposé du tout ? Tiens, prends mon exemple, si tu veux. À peu près pour les mêmes dates, je viens de signer une tournée du *Misanthrope* en Afrique. Et je joue Alceste, attention, le rôle principal ! Fantasme numéro un de tout comédien qui se respecte ! Eh bien, et je ne plaisante pas, je déchirerais mon contrat à deux mains si Cornevin me demandait de jouer l'Exempt. Parce que mon Alceste, c'est la routine, ça penche du côté de la fin. Tandis que ce *Tartuffe*, c'est un début. Le Tout-Paris, ceux qui décident de ce qui va se faire l'année prochaine, dans trois ans, dans cinq ans, ce Tout-Paris ne va pas me suivre en Afrique, mais il viendra te voir. Il te verra. Il te verra dans un rôle classique, en train de dire des vers comme on nous a appris à les dire. Tu vas les épater, je te le garantis. Tu vas te mettre à exister à leurs yeux. Ils t'inscriront à nouveau sur leurs tablettes. S'ils te voient là, s'ils voient des salles pleines t'aimer, ils voudront te voir ailleurs. Parce que au fond, eux, ils ne savent pas. Ils ne savent rien. Alors oui, ça va être un début! Vingt-cinq ans, je te dis! Qu'est-ce que tu fais vieux, pour ton âge.

— Tu déchirerais ton contrat?... Vraiment?...

— Juré! Et pourtant, les tournées en Afrique, c'est agréable. Pas à cause de la qualité des spectacles, ça non. Tout le monde s'en fiche de l'Afrique. La preuve : c'est moi qui joue Alceste dont je pourrais être le père, sinon pire. Et je ne suis pas la catastrophe la plus profonde de la distribution. Non, si c'est agréable, c'est qu'il y a un public, un public qui écoute, qui vibre, qui rit, qui pleure, qui s'inquiète. Un public qui ne passe pas le temps de la représentation à chercher quelque commentaire brillant à servir aux amis. Un public qui regarde le spectacle pour lui-même. Par plaisir, passe-moi l'expression, car voilà bien une notion qui a totalement disparu de nos contrées septentrionales. Tu te rends compte, du plaisir! Alors, non, je ne me plains pas. Mais je t'envie, ça oui, parce qu'on n'a pas tous les jours l'occasion de changer de route, de se lancer, de débuter. Vas-y, vieux, et surtout, promets-moi de me raconter quel effet ça fait de remonter dans le temps.

Romain n'avait rien répondu. Il accepterait la proposition de Cornevin. Serge venait de prendre sa décision pour lui. Ou peut-être avait-il seulement formulé la décision qu'il avait lui-même prise inconsciemment et qu'il n'avait pas été capable de ramener seul à la surface.

Déjà sur le palier, alors que Romain allait refermer la porte sur lui, Serge n'avait pas résisté, tout en boutonnant son pardessus, à placer une de ses opportunes citations :

— Oui mon ami, va donc *à ses pieds avec joie*
Te *louer des bontés que* Cornevin *déploie.*

— Monsieur Cornevin n'est pas là, qui le demande ? dit la secrétaire d'une voix lasse lorsque, tout de suite après le départ de Serge, Romain appela le TJC avant que son rejet initial n'essaime ses métastases jusque dans son cerveau et ne dévore sa résolution toute fraîche.

— Romain Vidal. Quand pourrai-je le rappeler ?

— Ne quittez pas, monsieur Vidal, je vous passe M. Cornevin, s'empressa la petite voix soudain moins sèche sans même chercher à justifier ce brusque revirement.

D'ailleurs, il était facile à comprendre. La rumeur avait embrasé tout Paris et chacun tentait sa chance pour se désengluer de l'intermittence, comme on nomme le chômage dans la profession. Le téléphone devait sonner sans arrêt. La secrétaire s'était momentanément résignée à remiser ses multiples compétences pour s'illustrer exclusivement dans l'emploi de rempart, de barrage, d'agent de sécurité, de garde du corps. Romain l'imagina, assise derrière son bureau, le regard masqué par des lunettes noires pour pouvoir inspecter les environs infestés de commandos anti-Cornevin prêts à déferler. Elle avait aussi une oreillette et un petit tortillon de plastique translucide qui s'enfonçait, au-dessous de son chignon, dans le col de son chemisier à la soie tendue sur un gilet pare-balles dernier cri, peut-être brodé de pierres précieuses qui détourneraient les projectiles telles les rivières de diamants cachées dans les doublures des robes des grandes-duchesses dans la sinistre cave d'Iekaterinbourg.

Mais il n'entendit qu'un petit claquement sec, comme si l'arme braquée sur elle s'était enrayée, et Bernard Cornevin s'approcha de Romain pour dire un simple « Allô » qui lui vida la tête.

— J'ai pris ma décision, monsieur, annonça-t-il piteusement avec une articulation déplorable.

— Quelle qu'elle soit, je vous remercie de ne pas avoir tardé, monsieur Vidal. Comme je vous l'ai expliqué, je suis très impatient de pouvoir rêver à une distribution définitive.

Et il s'interrompit. Romain ressentit ce brusque silence comme une menace. Il ne dit rien non plus.

— Alors, quelle est-elle ? relança la voix du metteur en scène.

— Quoi donc ?

VIII

— *Que fait là votre main ?*

La voix d'Elmire, chaude et troublante, s'échappe de la petite boîte carrée fixée au mur, au-dessus du grand miroir de la loge. Romain sent soudain la peur qui le transperce. La peur qu'il y ait maintenant un silence, qu'un voile blanc se dépose sur toute chose devant Tartuffe. La peur que ne se réalise ce qu'il a vécu en songe ce matin, juste avant de s'éveiller, d'être au bout du compte la cause du pire, le saboteur, le bras armé du Malin. Mais non, la phrase arrive, bien dans le rythme qu'a voulu Cornevin, et le public ronronne de plaisir. Tout va bien.

Tout va bien ? Romain n'a pas encore les moyens de faire le tri entre ce qui va et ce qui ne va pas. En réalité, il vient seulement de sortir d'une distraction qui l'a pris en fin de matinée dans son bain et dont l'ont extirpé ces quelques mots prononcés par Elmire. Il a traversé toutes ces heures dans un état d'absence, d'apesanteur, de narcose, qui l'a protégé du temps qui le poussait vers le soir.

Ce qui était surtout étonnant, c'était de voir les gens se comporter exactement comme s'il s'agissait d'une journée ordinaire. La boulangère déployait son habituel sourire et son petit coup d'œil complice. Complice pour quoi ? Jusqu'où ? Elle se soulevait sur un pied, comme toujours, pour attraper là-haut la baguette qu'elle glissait dans une poche de papier après avoir pivoté vers Romain. C'est un petit infini qu'ils partagent chaque jour. Elle tend bien haut le bras. Sa taille se creuse, le muscle du mollet se bande. On dirait qu'elle marque une pause, pour que Romain ait le loisir de la regarder, de la détailler, de l'imaginer, de la désirer. Et il ne s'en prive pas. Depuis plusieurs années qu'il achète son pain ici, il a eu le temps d'éprouver toutes sortes de mouvements du cœur, du corps. D'abord, s'il approche de la boutique et qu'elle n'est pas là, il passe son chemin et revient plus tard. Parfois, il doit se résoudre à recevoir sa baguette, en tout dernier recours, des mains du boulanger. Ces mains, pourtant belles, qui lui font horreur, car ce sont elles qui soulèveront, ce soir, le chandail de la boulangère, qui dégraferont l'attache de sa jupe, qui s'attarderont lentement sur toute la surface veloutée de la muse de Romain. De Romain qui plaint sincèrement la boulangère de devoir ainsi accepter les caresses de ce grand athlète farineux alors que, il n'en doute pas, son souhait le plus cher serait de se réfugier dans ses bras à lui, Romain. Mais elle cache remarquablement ses sentiments, il faut bien le reconnaître, et lorsqu'elle se retourne vers lui pour le servir, le sourire qu'elle lui adresse ne trahit pas la moindre équivoque. C'est un sourire très différent de celui qu'elle arbore lorsqu'elle vient le visiter, certains soirs, dans l'obscurité de sa chambre, alors qu'il n'arrive pas à trouver le sommeil, ou même en présence d'une partenaire de hasard, pour l'aider à accomplir tant bien que mal ce qu'on attend de lui. Dans ces moments, il la voit enfin nue, et son odeur de pain frais fait toujours merveille. Enfin presque toujours.

Romain a pulvérisé des records de lenteur pour mener à bien ses courses dans le quartier. Il a choisi un menu nécessitant une longue préparation, et beaucoup de vaisselle. Il a mastiqué avec des précautions d'hépatique et, lorsqu'il a reposé sa tasse à café, tout le début de l'après-midi était aboli. Après quoi il est allé chercher dans son bureau les petits cadeaux de première qu'il a achetés la semaine dernière pour ses partenaires et s'est attelé à rédiger un mot spirituel pour chacun. Là aussi, il a pris son temps.

D'autant qu'il ne s'agit jamais d'une simple formalité. Il convient, en ces occasions, de se montrer à la fois original et conventionnel. Original, surprenant, drôle, parce que le but est de distraire le comédien qui reçoit le billet, de le divertir de son obsession, de son trac. Et conventionnel, du fait même de cette obsession et de ce trac qui bloquent les capacités de compréhension, qui transforment durant quelques heures des gens à peu près normaux en parfaits idiots. Ainsi se réfugie-t-on le plus souvent dans l'irrationnel, dans le sentimentalisme admiratif, dans l'amour démesuré de l'autre, bref, dans le mensonge.

Et là, Romain doit se contraindre. Il doit se fabriquer des freins, des handicaps, s'inventer des pages blanches. Parce que, pour ce qui est des mensonges, il ne craint personne. Il s'en délecte. Il sait les ciseler sur mesure. Il connaît mille moyens de mystifier son monde. Il s'amuse alors à observer, derrière les réactions reconnaissantes qu'il déclenche, l'indicible malaise qui ternit les regards, très loin, bien au-delà de la conscience de ses victimes.

— J'aime votre Exempt, lui a confié Cornevin il y a quelques jours, parce que son pardon est tout chargé de menace. C'est mystérieux. Vous n'incarnez pas un pouvoir qui vient sauver un honnête homme, mais une puissance qui saisit cette occasion pour s'affirmer. Ce qui était un retournement tactique dans la pièce, une sorte de *happy end* très artificiel, vous vous en servez pour inquiéter. C'est ce dont je rêvais, bien sûr, et ce dont j'essayais de m'approcher par la mise en scène mais c'est bien vous-même qui créez cet effroi. J'espérais que cette scène, qui n'est au fond qu'un rajout, qu'un collage, se mettrait à exister comme un vrai coup de théâtre. Mais vous faites plus, et mieux : vous êtes la foudre.

Il a demandé aux autres acteurs de terminer la scène, et la pièce, dans une parfaite immobilité, comme si les personnages n'allaient reprendre le cours de leur vie que plus tard, après la fermeture du rideau, hors du regard des spectateurs. *Allons*, dit Orgon, mais on n'y va pas. On ne bouge pas. On est sidéré.

Les louanges de Cornevin, si près de la fin des répétitions, et en présence de toute la troupe, ont évidemment levé des voluptés chez Romain. Mais elles l'ont aussi perturbé parce qu'il n'avait pas, et n'a toujours pas, le sentiment de jouer quoi que ce soit de particulier. Il dit seulement les vers, au mieux, en veillant à ne pas s'entraver dans le dispositif scénique ingénieux mais compliqué que Cornevin a concocté pour ne pas lui faciliter les choses. En réalité, il fait ce qu'il peut. De là à ne rien retrouver ce soir, il n'y a qu'un souffle, un silence. Peut-être celui d'un trou de mémoire, comme dans son cauchemar de ce matin.

Il renoue avec cette peur de sa jeunesse : la peur d'oublier le texte. Elle le tient aussi fort qu'à l'époque de l'alternance, à la Comédie-Française. Parce que, justement, comme c'était alors le cas, les spectateurs d'aujourd'hui sont d'abord venus entendre un texte. Réentendre un texte. Le déguster. Certains le connaissent déjà par cœur, comme le public d'opéra qui pèse chaque note, prêt à débusquer la plus infime faiblesse, ou la moindre dérobade. On est alors l'homme à abattre. La salle est pleine d'auxiliaires de l'auteur qui, le doigt sur le bouton, sont bien décidés à vous désintégrer au premier écart.

Et elle a envahi Romain, cette peur, cellule après cellule. Elle est là. Elle le ronge. Plus le rôle est court, plus la honte est grande si la hache s'abat brusquement au milieu d'une phrase, d'un mot parfois. Car c'est bien de honte qu'il s'agit. Celle d'être surpris, soi, en pleine lumière, à la place du personnage qu'on avait l'audace de vouloir interpréter. À l'instant, le charme se déchire, l'être imaginaire s'évapore et il ne reste plus sous les feux qu'un pantin désarticulé dont tous les fils sectionnés traînent au sol. La durée de la disgrâce n'est mesurable que pour les autres. Parfois c'est à peine un faux pas, une virgule ajoutée. Ailleurs la stupeur des spectateurs se mue en réprobation. Il arrive même que des rires réussissent à bousculer la consternation. Mais pour le naufragé, le temps importe peu. Dans tous les cas, un grand drap opaque s'est affalé sur son monde. Qu'importe la longueur de la chute puisqu'elle est toujours mortelle. C'est la mort, c'est vraiment la mort. Pas la sienne, bien sûr, celle du personnage. Mais elle surgit lorsqu'on est tout entier le personnage, justement. Alors, on meurt, oui. En public. Mais sans gloire, sans chic. Le trou de mémoire, c'est une mort humiliante. Une sale mort obscène. Un lynchage.

Cet effondrement possible, Romain y pense maintenant à chaque seconde tandis que la pièce continue de tomber du haut-parleur fixé au mur. Son rôle est si bref, et le personnage tant privé de corps, de visage, de psychologie. Cornevin l'a bien défini : « C'est un message. » Le seul danger qui guette ce discours, c'est précisément de ne pas être dit, de s'interrompre soudain, de s'enliser dans la confusion.

C'est il y a plusieurs années qu'il aurait dû céder à cette angoisse, lors de la dernière maladie de sa mère, de sa dérive finale, quand la démence avait eu raison d'elle et qu'elle était morte, en vérité. Qu'elle était bel et bien morte, même si elle respirait, mangeait, dormait, et venait s'asseoir sur la véranda, face à l'énigme du dehors. Mais à l'époque la pièce qu'il jouait, tout comme les suivantes jusqu'à ce soir, ne prêtait pas à de tels périls. Elle était insubmersible. Si la mémoire faisait défaut, on inventait deux ou trois répliques. On marchait vers le bar. Il y avait toujours un bar dans le décor. « Vous prendrez bien quelque chose ? » Derrière le panneau, quelqu'un soufflait. La comédie pouvait se poursuivre. Et s'il n'y avait personne pour souffler, on affectait de s'indigner : « Oh, elle a encore oublié les cacahuètes ! Excusez-moi je reviens tout de suite. » Et on sortait en coulisses pour consulter la brochure. Planté là, le partenaire était trop heureux d'avoir à improviser. Les spectateurs riaient. Il aurait même pu approcher de l'avant-scène et s'adresser directement au public : « Elles ont bon dos, les cacahuètes. Il a un trou, ni plus ni moins ! », les gens auraient ri de plus belle. Ils étaient venus pour ça.

Mais ce soir c'est différent. Il y a le texte. Et il n'y a rien d'autre.

— Vous aurez un costume, une fonction, mais de personnage, point, a dit Cornevin. Ce sera la grande difficulté, probablement. Vous rejoindrez en scène des hommes et des femmes qui auront éprouvé des passions pendant deux heures et qui auront traîné leur corps avec eux, en s'en servant aussi, et vous, vous n'aurez aucun sentiment, aucune chair, aucune existence d'homme, vous ne serez qu'un message, que le message d'un courtisan. Vous serez plat, parfaitement plat. Et pourtant il vous faudra capter l'attention, la lumière, vous faire entendre, distribuer l'aumône du pardon et les affres du châtiment.

Cependant, Romain a oublié cette mise en garde, face à son double d'or qui le fixe, effaré, dans la glace. Il a oublié sa mère absente qui n'arrêtait pas de lui parler, pendant ses visites, en le prenant le plus souvent pour quelqu'un d'autre. Oui, il a oublié tout cela. Il a oublié, voilà. Il s'est coupé de tout. Et pourtant, il est prêt. C'est dommage. Il aimerait tant avoir encore tout ce parcours devant lui : le maquillage, le harnais, le costume, la perruque, la couronne, dans le bruissement diligent du maquilleur, de l'habilleuse, du coiffeur. Mais il est prêt, seul et prêt, jusqu'au bout de ses ongles dorés.

La dernière fois qu'il a vu sa mère, c'était une visite parmi d'autres, tout aussi insensée. Saurait-elle, au moins, ce jour-là, qu'elle avait un fils, qu'elle avait eu, dans sa vie, un fils?

Car sa mémoire ne s'étiolait pas, elle cabriolait. Peut-être pour imiter le statut de Romain, elle avait adopté le régime de l'intermittence. Il y avait de très mauvais moments, des mauvais, mais aussi quelques bons. Les plus rares étaient les très bons. Ces après-midi-là, en entrant dans l'inflation végétale du hall de la luxueuse résidence où rôdaient de lents fantômes cassés en deux, il entendait le piano, à l'étage. C'était maman à qui, pour quelques heures, la musique était rendue. Elle était alors capable d'enchaîner morceau sur morceau, entièrement par cœur. Romain allait s'asseoir en silence, derrière elle. Et puis, soudain, au milieu d'un crescendo, elle s'interrompait, ses mains restaient un instant inertes au-dessus du clavier, avant de revenir se croiser contre sa poitrine, s'étreindre et tomber sur sa jupe comme des oiseaux morts. Elle tournait alors vers son auditoire hagard un regard perdu d'enfant errant dans des ruines. Elle ne savait même plus appeler au secours. Elle comprenait à peine ce que pouvaient bien signifier les larmes qui faisaient ruisseler les murs.

Le jour de sa dernière visite, Romain fut d'abord soulagé en entendant le piano malgré la mélodie moins légère qui s'en écoulait. Était-il concevable que sa mère fût guérie au point d'avoir un répertoire adapté à ses humeurs ? C'était une sonate très mélancolique qui le mit bientôt mal à l'aise. Mais à aucun moment il n'imagina que sa mère qui, depuis le début de sa maladie, semblait avoir oublié aussi de vieillir pût mourir brusquement la nuit suivante, dans son sommeil. D'ailleurs sa mère elle non plus ne lui parut pas inquiète, ni les infirmières. Personne, vraiment personne n'avait vu s'approcher la mort. Mais la musique, si. Et elle était venue tristement se coucher sous les doigts de maman.

IX

— Quant à l'Exempt, puisque tout le monde s'accorde à dire qu'il représente le *deus ex machina*, eh bien nous le ferons tomber du ciel !

Bernard Cornevin énumérait paisiblement ses choix de mise en scène. La brasserie bruissait de tous les soupirs de la ville. Au-delà des vitres, voitures et camionnettes se lançaient des défis d'impuissance. Le garçon jetait des ordres brefs et codés à travers la salle. Le percolateur rouge vif jouait les locomotives de films en noir et blanc.

— Ne restons pas là, avait dit Cornevin dès que Romain avait pénétré dans le bureau. Sortons, je vous offre un café.

Une heure à peine s'était écoulée depuis que Romain avait téléphoné pour accepter le rôle.

— Venez, avait seulement répondu Cornevin.

— Quand voulez-vous ?

— Tout de suite. Si vous êtes disponible, bien sûr.

— Je peux être au théâtre dans un peu plus d'une demi-heure...

— Je vous attends.

Ils avaient marché en silence jusqu'au carrefour. Bernard Cornevin, malgré sa petite taille et sa maigreur, dégageait une énergie peu commune. Romain avait l'impression d'être accompagné d'un tigre. Il lui sembla aussi que, placé sous la protection de ce fauve, plus rien de fâcheux ne pouvait lui arriver. Cornevin l'avait entraîné vers une table isolée.

— Ici nous serons plus tranquilles pour parler vraiment. Car, évidemment, il s'agit de parler. Que peut faire d'autre un metteur en scène? Il n'écrit pas, il ne joue pas. Au fond, il ne lui reste pas beaucoup d'espace, puisque le jeu de l'acteur est contenu dans l'écriture et que tout comédien sait lire, du moins on peut le supposer. Alors il parle. Ce n'est pas étonnant. Ce qui l'est davantage, c'est qu'on l'écoute. Tant mieux pour nous. Car nous sommes tous d'incorrigibles bavards. Tous, sans exception. Ceux qui se taisent ne le font que parce qu'ils croient, à tort ou à raison — à tort à mon avis —, que leur mutisme est éloquent.

Ils avaient passé la commande. Cornevin ne manifestait aucune impatience. Il ne recevait pas Romain en vitesse, entre deux rendez-vous importants. Il lui accordait toute son attention, tout son temps, comme si l'Exempt pouvait ajouter ou retrancher de la saveur à son spectacle. C'était à la fois flatteur et intimidant.

— Je voudrais vous dire tout d'abord, commença le metteur en scène en contemplant ses doigts qu'il venait d'appliquer sur la table comme s'il avait l'intention de les compter, que vous constituez une pièce essentielle de mon dispositif. Et je ne dis pas cela pour vous fouetter le moral. Je ne fais qu'énoncer une vérité.

Romain s'était lui aussi laissé captiver par le spectacle de ces doigts ainsi exposés. Cornevin avait des mains très soignées, mais courtes et carrées. Des mains d'un autre monde. Celui de la terre. En réalité, il appartenait tout entier à la campagne. Son physique d'olivier, à la fois frêle et noueux, sa façon de revendiquer sa pesanteur en marchant, celle de s'habiller, celle de s'exprimer, enfin. Cette manière si saine, très concrète de vous convaincre de l'écouter. De vous réduire au silence. Il continuait :

— Ce qui est important, dans ce personnage, voyez-vous, c'est la voix. Or, vous le savez sans doute, vous avez une voix très singulière. Je ne vous connaissais pas, et je vous prie de m'en excuser. C'est un ami qui m'a parlé de vous, de votre voix. C'est pourquoi je suis allé vous voir — je devrais dire vous entendre — au théâtre, dans cette horrible pièce que nous avons déjà évoquée. Et votre voix m'a conquis, vraiment, fasciné même. Elle est en même temps tranchante et onctueuse, c'est à la fois l'avers et l'envers d'une médaille, ou plutôt d'une étoffe.

Et l'instant suivant, la terre s'arrêta de tourner.

— C'est pourquoi, à mon avis, poursuivait calmement Cornevin, vous feriez un très mauvais Tartuffe. Car votre voix inquiète, met mal à l'aise. Vous avez une voix de menteur, d'homme dangereux, de démon, mais de démon révélé. Le diable, pour accomplir sa sale besogne, s'il avait une voix comme la vôtre, devrait d'abord en changer. Si Tartuffe envoûte Orgon ou Madame Pernelle, c'est parce qu'il les charme par sa transparence. Il semble pur comme une eau de source. Landru était un assassin, bien sûr, un être impitoyable, mais d'abord il séduisait. Vous n'êtes pas de mon avis?

Romain n'allait tout de même pas répondre « si » à une telle question alors que l'autre venait de dynamiter le rêve de toute sa vie.

— Si.

— Qu'est-ce que je vous disais? Vous répondez « si » très simplement et, dans votre bouche, ce petit mot suffit à laisser échapper tous ses contraires.

— C'est que, autant vous l'avouer, Tartuffe est le personnage que j'ai toujours rêvé d'interpréter.

— Vous voyez bien qu'il n'est pas pour vous! Que serait un rêve si on pouvait le réaliser? Un simple projet. Une bulle de savon prête à crever... Un rêve, n'est-ce pas, c'est le paradis. La vie éternelle... Mais pour ce qui est de monter au ciel, et d'en descendre, vous pouvez faire confiance à l'Exempt.

Romain ne parvenait pas à s'inscrire dans la situation nouvelle créée par les paroles de Cornevin. C'était une situation en creux, par défaut. Pas une situation du tout. Alors que l'autre lui avait catégoriquement démontré que jamais il n'aurait eu l'idée de le distribuer dans Tartuffe, Romain ressentait une déception profonde, un désaveu, comme si Cornevin, après lui avoir confié le rôle tant convoité, l'avait sournoisement conduit dans cette brasserie pour le lui retirer. Oui, c'était bien ça, en quelques mots le metteur en scène l'avait puni, rayé, anéanti. Puis il avait commencé à exposer tranquillement sa conception de la pièce et à dépeindre le spectacle qu'il entendait mettre au point. Romain ne l'écoutait plus. Mais Cornevin faisait partie de ces hommes qui savent s'imposer, quoi qu'il arrive.

— Il n'y aura rien, disait-il. Seulement une porte et une table recouverte d'une lourde étoffe tombant jusqu'au sol. Le fond sera blanc, mais avec de grandes ombres qui varieront d'acte en acte. Qui s'ajouteront les unes aux autres, comme des taches, des souillures. Et, puisque le texte a été écrit au XVIIe siècle, les personnages seront tous en costumes du XVIIe siècle. Je pense sincèrement que les vêtements et le langage vont de pair pour étayer le comportement. Alors, de mon point de vue, les costumes modernes pour les œuvres classiques, c'est pire qu'une fausse audace, c'est une idiotie. Mais les costumes seront ceux des bourgeois de l'époque, pas ceux des aristocrates. Nous n'aurons pas les dentelles ni les complications qu'on voit partout. Nous sommes dans la comédie, c'est-à-dire dans la tragédie du tiers état. Et c'est là que vous intervenez.

Cornevin leva les yeux et se saisit du regard de Romain qui regagna aussitôt le présent, la brasserie, les tasses vidées, la petite note de caisse dans la soucoupe de plastique brun. Il revint à bride abattue, en s'efforçant de contrôler sa respiration. Il ne fallait rien manquer de la suite.

— Parce que vous — enfin l'Exempt — vous n'êtes pas un bourgeois. Vous n'êtes pas un personnage de comédie. Vous descendez des étages supérieurs. Vous arrivez tout droit de la Cour, de l'entourage du Roi. L'Exempt de *Tartuffe* s'est trompé de pièce, sa place est dans une tragédie, parmi les princes et les dieux. Ce n'est pas du tout un argousin, c'est la Providence.

Romain prit cela comme une consolation. Disqualifié pour Tartuffe, il était admis au sein de l'élite de la tragédie. Il résidait généralement à la Cour. L'ayant remarqué au milieu du troupeau servile, le Roi l'avait dépêché là en mission de confiance. Tout allait donc pour le mieux. Romain se demanda brièvement pourquoi, dans ces conditions, il avait tellement envie d'éclater en sanglots.

— C'est donc au ciel du théâtre que vous apparaîtrez.

Et Romain apparaîtra bientôt au ciel du théâtre.

Dès le début de l'entracte, il a quitté sa loge après un dernier coup d'œil dans la glace. Il a vu le dieu d'or façonné par Cornevin. Une sorte de statue de la Liberté, avec son lourd diadème en soleil. Un costume qui, pourtant, s'il n'était pas doré, ferait penser à celui d'un moujik de Tchekhov : grande chemise à manches amples resserrées aux poignets, arrivant à mi-cuisses, avec une large ceinture ; une culotte, bouffante elle aussi, enfoncée dans des bottes hautes ; une cape, à l'arrière, jusqu'aux talons. Et le tout comme trempé dans des paillettes d'or. Romain a inspecté aussi son visage et ses mains tels ceux des angelots traités à la feuille d'or surmontant les autels dans les églises baroques d'Italie. Tous ces éléments disparates, le costume rustique, la cape de magicien, la couronne, le métal de la peau, au lieu de se combattre, de s'annuler, se fondent, s'allient pour engendrer une image mystérieuse, abstraite, surnaturelle. Cornevin voulait que s'incarne soudain le pouvoir suprême, absolu, divin : c'est tout à fait réussi.

D'ailleurs, Romain a l'impression que l'entreprise de Cornevin, dans son ensemble, est réussie. Il regarde, au-dessous de lui, le plateau sous un angle inhabituel, en plongée. Depuis la passerelle, dans les cintres, où il doit patienter pendant tout le quatrième acte et la plus grande partie du dernier, il observe les personnages qui s'affrontent, qui se

123

croisent, qui se frôlent. C'est la scène 5 de l'acte IV. Tartuffe et Elmire sont seuls. Ils sont très éclairés, mais, astucieusement, ils semblent entourés de ténèbres. De ténèbres qui suintent des murs, qui vont dévorer la maison. Pour tout le monde, Orgon est sous la table, mais, depuis son perchoir, Romain le voit derrière le panneau de fond du décor, assis sur la chaise où il attend confortablement le moment de réintégrer, par la trappe, sa cachette pour surgir de sous l'épaisse nappe.

Romain ne distingue rien de l'avant-scène, encore moins de la salle. L'action qui se déroule est intense et le public se tait. Pourtant il est là, le public. Romain le sent. Non qu'il puisse noter une différence dans le jeu des deux acteurs. En réalité, ce qui se passe sous ses yeux est exactement ce qui s'est passé hier, et les jours précédents. Ce à quoi il a assisté depuis qu'il a été décidé qu'il rejoindrait sa rampe de lancement dans les conditions de la représentation. Non, tout est pareil, mais c'est incomparable. C'est une représentation. On en a fini avec les simulacres : on le fait, on le vit. On le joue.

Et ils le jouent bien, tous les deux, là, au-dessous. Romain n'a manqué aucune répétition. Au début, il avait peur d'avoir à essuyer des mépris de la part des vedettes de cinéma qui avaient choisi de venir se faire peur au théâtre. Mais Cornevin s'est chargé, dès la première réunion autour de la longue table du foyer du théâtre, avant même qu'on ouvre les brochures posées devant soi, de désamorcer tout danger de ce genre.

— Pour le rôle de l'Exempt, a-t-il déclaré dans un silence parfait, j'ai eu le plaisir d'obtenir l'accord de Romain Vidal. Romain est une valeur sûre du vaudeville, de ce qu'on nomme le « théâtre de boulevard ». Certains s'étonneront de sa présence parmi nous. Ils auront tort. D'abord parce que Romain Vidal a une histoire : il a reçu un premier prix de comédie et un deuxième prix de tragédie à sa sortie du Conservatoire, avant de passer plus de dix ans comme pensionnaire, puis comme sociétaire, à la Comédie-Française où on lui a confié de nombreux rôles du répertoire classique. Ils auront tort aussi en ce qui concerne ses prestations plus récentes, car ceux qui auront la curiosité, comme je l'ai eue moi-même, d'aller voir un exemple de ce type de spectacle comprendront que la difficulté en est effarante. En résumé, je tiens à manifester toute ma confiance à Romain, lui dire qu'il doit se sentir ici chez lui, et inviter chacun d'entre vous à le considérer comme je le considère moi-même : une référence.

Au lieu de le galvaniser, cette déclaration a plongé Romain dans un état d'inhibition proche de la panique. Comment lire après cela ? Comment livrer le vers le mieux balancé ? Même pour ce qu'il était convenu d'appeler une « lecture à plat », aussi neutre, impersonnelle que possible pour laisser au metteur en scène le loisir de fourbir ses burins ? Il n'arrivait qu'à la toute fin de la pièce, heureusement, et il eut le temps de se ressaisir, et d'autant plus facilement que la séance fut calamiteuse. Un chantier pharaonique s'ouvrait devant Cornevin qui écoutait, impassible, les bredouillements enfantins dépourvus de sens émis avec application par ces icônes pathétiques qui pataugeaient dans la beauté du texte, tels des anges déchus.

Le dernier vers prononcé, il y eut une mesure pour rien, puis Cornevin referma lentement sa brochure et regarda chacun longuement, dans les yeux. Après son tour de table, il baissa le front et posa les mains bien à plat devant lui. Romain se souvint de ce moment qu'ils avaient passé tous les deux, à la brasserie. Le metteur en scène allait donner le fond de sa pensée. C'était sa façon à lui de clouer les autres au pilori.

— Je vous remercie... Les plus lucides d'entre vous se demandent peut-être ce que nous faisons ici. Si je n'avais pas déjà la réponse, cette question me tourmenterait aussi. Mais la réponse, je l'ai : le travail. Le théâtre a emprunté nombre de ses moyens techniques, une partie de son vocabulaire et quelques superstitions à la marine à voile. Ce n'est pas par hasard. Nous constituons l'équipage d'un bateau et, n'y voyez aucune vanité, je suis votre capitaine. Nous dirons que nous devons accueillir près d'un millier de passagers chaque soir et qu'il est essentiel que nous les menions à bon port. Et nous réussirons, à la seule condition d'avoir assez d'humilité pour travailler. Et pour travailler ensemble. Sous ma direction, si vous le voulez bien. Nos intérêts convergent : chacun de vous, de nous, veut sortir indemne, sinon grandi, de cette aventure, et nous savons tous que seul, c'est impossible. Parce que l'expression est absurde qui parle de « tirer son épingle du jeu ». On ne tire pas son épingle, jamais. On peut toujours être mauvais dans un bon spectacle, mais bon dans un mauvais, je veux dire vraiment bon, c'est impossible. Lorsqu'on juge, à propos d'une mauvaise soirée, qu'untel a « tiré son épingle du jeu », on ne veut pas dire qu'il était bon, mais que, étant donné le contexte, il aurait pu être pire... Ce n'est pas là ce que nous voulons... Je suis certain que ce n'est pas là ce que vous voulez. Cette première lecture nous renseigne sur l'ampleur de la tâche qui nous attend. Mais je crois que l'enjeu en vaut la peine, car, si tout le monde accepte de prendre le risque, nous pouvons aboutir à un moment de théâtre. C'est-à-dire à une manifestation réellement artistique. À la beauté.

Plus personne ne bougeait. Cornevin avait imposé à tous ces gens pressés une écoute, une allégeance auxquelles ils ne devaient pas être accoutumés. Il dut sentir qu'il avait franchi cette première étape avec succès, car il se laissa aller en arrière sur sa chaise et ses mains glissèrent jusqu'au bord de la table qu'il empoigna fermement comme une rampe. Ou comme un gouvernail.

— On m'objectera, reprit-il, qu'il aurait été plus confortable de choisir des vieux routiers des planches. Mais, je le répète, il ne s'agit pas d'atteindre le confort, mais la beauté. Et nous avons aussi le devoir de déployer cette beauté devant des gens. Devant un public. Je veux dire qu'il faut que le public vienne, qu'il nous faut le convaincre de venir.

Il marqua une pause et sourit. C'était un sourire tendre, comme s'il pensait à un ami.

— Un grand cinéaste, le plus grand, peut-être, résume très bien la situation dans laquelle se trouvent actuellement les artistes. Il dit, à peu près — je n'ai pas en mémoire la formule exacte, mais le sens est celui-ci —, « l'art a été dévoré par la culture et la culture a été dévorée par la communication ». Je crois comme lui que tel est le mouvement qui veut nous entraîner loin de nos songes. C'est pourquoi je vous propose de tenter tous ensemble de remonter le cours de la fatalité. La notoriété de chacun d'entre vous devrait, comme je l'ai constaté plus d'une fois, nous épargner le dédain des médias. Quant à notre pièce, elle occupe sans conteste le terrain de la culture. Nous voici donc revenus aux origines, nus, libres, en amont des dévorations successives qu'évoque notre ami, et nous allons pouvoir nous essayer à l'art. C'est à cela que je vous convie... Les répétitions commenceront demain à dix heures. Comme vous le savez, je souhaite que tout le monde assiste à tout. Je vous l'ai dit : nous constituons l'équipage d'un navire.

Nous prenons aujourd'hui le large. Il est inconcevable pour moi que tous ne soient pas à bord pendant qu'une partie des autres manœuvre... Si je parle d'équipage et non de troupe, c'est à dessein. J'ai choisi chacun de vous pour sa personnalité. Je vous conjure de garder intactes, entières, y compris en vous opposant à moi, ces personnalités qui sont notre richesse et que toute troupe s'emploierait très vite à raboter à seule fin de durer. Car la médiocrité se perpétue quand l'excellence est éphémère... Je vous remercie et je vous renouvelle ma totale confiance... À tous... À chacun.

Et il se mit debout, ses notes à la main. On le regarda sortir de la pièce sans se retourner, le dos arrondi dans sa chemise à carreaux, la tête basse, son pantalon en poche usée sous les fesses. Il était impossible que l'homme qui venait de disparaître longeât placidement le couloir pour rejoindre son bureau de directeur. Il allait plutôt faire pivoter une cloison secrète qui lui permettrait de réintégrer son élément : une forêt dont il foulerait avec délectation le sol recouvert de feuilles mortes pour gagner le refuge en rondins qu'il avait construit de ses mains. Ou une étable : il poserait ses papiers, s'emparerait d'un tabouret rudimentaire à trois pieds et s'attellerait en chantonnant à la traite du soir d'une batterie de vaches impatientes. Ou encore un pressoir : réjoui par l'odeur des pommes écrasées, il irait affectueusement caresser l'encolure de l'âne aveugle tirant la meule...

Autour de la table, les conversations tardaient à reprendre. Et chacun avait sur le visage l'expression étonnée, incrédule des rescapés des grandes catastrophes. La joie coupable des survivants.

Dès le lendemain, pourtant, ils attaquèrent l'ascension de la montagne dont Cornevin indiquait patiemment le sommet. Il y eut des éclaircies, mais surtout des orages. Les colères d'Orgon, les larmes d'Elmire, les esquives de Tartuffe, plus tard. Il y eut même un petit drame lorsque Orgon quitta la répétition, claqua la porte en jurant que c'était fini, qu'il était préférable de le remplacer. « Si le théâtre, c'est une secte où il faut tout abdiquer pour plaire au gourou, très peu pour moi. » Tous avaient fixé la porte close comme si elle s'était refermée sur leurs vies. Puis on s'était tourné vers Cornevin. Il était assis à sa table, la tête penchée sur ses notes, absorbé. C'est seulement après plusieurs secondes qu'il avait levé tranquillement les yeux.

— Il reviendra, avait-il dit avec un sourire énigmatique de bouddha.

Et une heure plus tard à peine, Orgon repassait la porte en grommelant des excuses.

Puis ce fut le tour de Romain. Il se produisit alors un cataclysme : les quarante ans de métier, le Conservatoire, les prix, les dix années de Comédie-Française, les trente autres de succès, tout cela fut balayé en un instant. Il se retrouvait dans la peau d'un débutant. Pire même, dans la peau d'un débutant qui aurait eu quelques mauvaises habitudes. Et, sous les yeux de tous, il se vit repartir de zéro. Mais ce qui l'étonna davantage encore, c'est que Cornevin n'avait pas l'air déçu, ni surpris. On aurait même dit qu'il semblait soulagé. Et Romain lui-même se mit alors à ressentir, à la place de l'humiliation qui aurait dû le nouer, une sorte d'appétit, d'enthousiasme. Un accès de jeunesse.

Et, aujourd'hui, on rend des comptes. La représentation se poursuit, là, sous lui. C'est encore la scène entre Elmire et Tartuffe, alors qu'Orgon est dissimulé sous la table. Et cette scène se joue telle que Cornevin l'a dirigée. En plein trouble. Celui de Tartuffe, bien sûr, qui renonce à toute prudence, qui perd pied, qui est littéralement emporté par la passion; mais aussi celui d'Elmire qui reçoit cette pression du désir, qui feint de s'offrir à cet inconnu, avec son mari en témoin embusqué, qui est épouvantée par le danger, par le gouffre au-dessus duquel elle se penche, mais en même temps bouleversée par ce vide lui-même, par ce désir démesuré qu'elle fait naître, par la preuve qu'elle donne à son mari qu'elle peut susciter un tel désir, qu'elle le suscite, qu'il ne tient qu'à elle de ne pas y céder. Les vers ont été absorbés, intériorisés, et ils ressortent tout naturellement dans une parole, dans une suffocation, au-delà de toute technique. Et ici, cernés d'ombres, dans le puits de lumière, il n'y a plus que deux corps irrigués de sang chaud.

Soudain Orgon quitte sa chaise et se glisse dans

la trappe pour regagner le dessous de la table. C'est vrai qu'on est au théâtre. Romain l'avait presque oublié. Tartuffe sort de scène. Orgon soulève l'étoffe, abandonne sa cachette. Il est un peu congestionné et ne regarde sa femme que du coin de l'œil, comme s'il craignait de la voir vraiment. Comme s'il l'avait surprise à sa toilette. Il y a des silences entre eux. Des silences parcourus par le halètement d'Elmire. Elle est essoufflée, oppressée. Elle enrage, bien sûr, mais au-delà elle brûle, elle irradie le désir qu'elle a provoqué.

L'acte IV touche à sa fin. Romain se lève et fléchit deux ou trois fois les genoux pour chasser les premiers signes d'ankylose. Une brume de terreur l'enveloppe. Le filin translucide qui part du mousqueton, dans son dos, est tendu à la verticale jusqu'au treuil, là-haut.

— Vous surgirez grâce à un mécanisme très peu sophistiqué qui aurait pu être utilisé manuellement, comme au XVIIe siècle, par l'intermédiaire d'un système de poulies, a dit Cornevin. Mais nous nous servirons de l'électricité, car il serait ridicule de ne pas profiter des facilités modernes.

C'est en effet tout simple : sous son costume doré, Romain s'est équipé d'un harnais qui le prend sous les bras et aux aines et auquel est fixé un double mousqueton d'alpiniste un peu plus bas que la nuque ; la chemise et la cape sont fendues pour laisser passer le filin qu'un machiniste a accroché au mousqueton dès que Romain s'est mis en place sur la passerelle, dans les cintres. Un peu avant l'instant de son apparition, Romain se jettera dans le vide. Il ne bougera presque pas, oscillera à peine, puis très vite se stabilisera. C'est une étrange sortie du réel qu'il a déjà vécue lors des répétitions. D'une part il sera là, à plus de dix mètres au-dessus du plateau, et de l'autre il n'aura fait qu'avancer d'un pas, sans tomber. Le filin le retiendra à la hauteur exacte de la passerelle, mais à côté. Un peu comme les personnages des dessins animés qui continuent de courir en l'air au-dessus du ravin après la falaise. Mais pour Romain ce pas en avant ne précède aucune chute ; il s'agit seulement d'atteindre une immobilité parfaite avant que le filin ne l'amène sur le sol avec, a promis Cornevin, « la vitesse de l'éclair conjuguée à la lenteur de la majesté »

X

— *L'imposteur!*

Et sur ce simple mot d'Elmire, Romain a fait un pas en avant, comme si, croyant qu'on l'appelait, il était courageusement sorti du rang, s'exposant à un verdict implacable.

« C'est un pas de géant pour un homme, mais un pas de nain pour l'humanité », a conclu Serge lorsque Romain lui a décrit cet instant. Et ils ont ri. Comment ont-ils pu rire ? Serge a ajouté : « Au moment fatidique, pense à cette phrase, ça t'aidera. » Romain y pense. Désespérément. Mais ça ne l'aide pas. Rien ne l'aide.

Maintenant c'est Dorine qui parle, mais Romain n'entend pas ce qu'elle dit. Il se balance. Il lui semble qu'il oscille avec plus d'amplitude qu'hier et que les jours précédents. Il a dû se lancer dans le vide avec trop de force. Ou alors c'est le système qui est défectueux. Au lieu de se ralentir, son mouvement va s'allonger, s'accentuer, et l'Exempt ira s'écraser contre la passerelle qu'il vient de quitter. Et là, sous le choc, son mousqueton lâchera, et il tombera comme une pierre au pied de ses partenaires épouvantés. Son crâne éclatera et une flaque de sang rouge s'élargira autour de sa tête or. Rouge et or : les couleurs du théâtre. Il y aura des grands titres dans les journaux. Toute la profession se pressera au cimetière du Père-Lachaise. Ceux qui n'auront pas pu entrer dans le crématorium attendront, consternés, sur l'esplanade. Puis des petits groupes se formeront. Des informations commenceront à circuler. On échangera des numéros de téléphone. On prendra rendez-vous. Des projets naîtront. On s'autorisera quelques remarques d'abord insouciantes, puis amusées. Avant même d'être entièrement consumé, Romain sera déjà sorti de tous les esprits. Il ne sera plus que celui dont l'enterrement aura permis de rencontrer untel, que le hasard qui aura décidé d'un spectacle, d'un contrat capital, d'une carrière... Non, non... Pas ça !... D'ailleurs, on dirait que ça se calme, que ça se stabilise. Voilà... Au-dessous, Cléante s'exaspère. Il n'en est qu'à la moitié de sa tirade et déjà Romain est prêt à être descendu. Il se trouve à l'aplomb de la place qui sera la sienne, en scène, entre Tartuffe et les deux gardes qui l'accompagnent.

C'est vers eux que Tartuffe va bientôt se tourner pour leur demander d'agir : *délivrez-moi, messieurs...*

— Comme l'Exempt n'apparaît qu'à la fin de l'intervention de Tartuffe et que, donc, lorsque

136

celui-ci dit *délivrez-moi*, il n'est pas encore là, nous allons prendre la liberté de changer *monsieur* en *messieurs*, a expliqué Cornevin. Molière serait d'accord. Peut-être aurons-nous plus de problèmes du côté des puristes ; les gardiens du temple sont toujours plus radicaux que les dieux, mais ce ne sont jamais que des mouches et nous les laisserons bourdonner.

Plus que quelques vers et ce sera la descente. Romain ne se souvient plus de la vitesse à laquelle elle s'effectue. Ou plutôt, il s'en souvient parfaitement, puisque l'opération a été tant de fois répétée, améliorée, ajustée. Mais tout à coup cette connaissance ne lui est plus d'aucune utilité. Parce qu'un incident technique peut toujours se produire. Alors, que se passera-t-il s'il reste bloqué à mi-chemin ? Cornevin n'a jamais évoqué cette possibilité. Il s'est bien gardé d'envisager cette éventualité, monsieur Je-sais-tout ! Comment la matière oserait-elle résister au génie ? Cette idée de faire entrer l'Exempt par les cintres était de toute façon aberrante. Mais tout le monde s'est prosterné devant l'omniscient grand prêtre pendant des mois. Romain comme les autres. Pire que les autres. Trop heureux de venir jouer avec les grands, avec les gens sérieux, lui le pitre. Mon Dieu, si son père le voyait ! Le mécanisme va se bloquer, aucun doute là-dessus. Éventualité était un mot beaucoup trop faible. Inapproprié, même. Mieux vaut parler de probabilité. De certitude, oui! Si des engins intergalactiques se détraquent, que penser d'un bricolage de varappe manié par des machinistes mal payés. Mécontents. Au bord de la grève... Mais bien sûr, pourquoi pas, ils vont déclencher une grève surprise en plein milieu de la manœuvre et Romain restera coincé à mi-hauteur. Grotesque. Un grand jambon exposé dans la vitrine d'une charcuterie, un gros saucisson, une andouille. Et le public se mettra à rire, à rire! Romain en mourra de honte. Il en mourra, heureusement. Mais de honte... D'ailleurs, même si la descente se déroule sans encombre, rien ne prouve qu'il en sortira indemne. Il se peut que, oppressé, il soit brusquement pris de nausée juste au moment où il devra dire son texte. Il lui semble même que c'est maintenant, alors qu'il n'a pas encore démarré, qu'il est pris de nausée. Oui, il l'est. Il sent la sueur lui inonder le dos. Et cette douleur dans le bras, qu'est-ce que c'est? Mon Dieu, l'infarctus! La crise majeure!

— Un jour ou l'autre, dans quelques mois ou dans quelques années, il se peut que vous ayez une crise majeure, a dit le docteur.

C'est elle! C'est la crise majeure! Juste en entrant en scène! Il va atteindre le plancher et il sera mourant. Mort. Que vont faire les autres? Et le public? Les gens vont se dresser dans un seul cri. Les fourmis lui montent dans le bras. C'est bien ça. Il va mourir. Il était prêt, pourtant. Et la représentation était si bonne, jusqu'ici. Il va tout gâcher.

Mais enfin, on n'est tout de même pas responsable, quand on meurt! Si, on est responsable. On n'a pas à mourir en scène. C'est du cabotinage. Romain essaie de ramasser ses forces. Il tente de repousser l'instant funeste. Mais c'est trop tard, il ne peut plus rien. La descente a commencé. Elle est presque déjà finie et il est mort. Enfin, il n'est pas vraiment mort puisqu'il se dit qu'il l'est, mais il n'en a plus que pour quelques secondes, quelques dixièmes de seconde, des millièmes. Il arrive sur le plateau. Ses pieds vont toucher le sol. Et il voit l'expression stupéfaite sur tous les visages. Tartuffe, Orgon, Elmire, Dorine, Cléante et les autres. Ils sont massés autour de lui, ahuris par le parachutage de ce fantôme livide qui va rendre l'âme sous leurs yeux, qui l'a déjà rendue, peut-être, tant il est pâle. Mais non, c'est idiot. Il n'est pas pâle. Il est peint en doré. Alors que peuvent bien voir les autres de son malaise, tandis qu'il se pose enfin? Et qu'il ne s'écroule pas? Et qu'il parle? Voici qu'il s'adresse à Tartuffe avec l'énergie requise : *Oui, c'est trop demeurer sans doute...* Et tout vient. La scène se joue. La stupéfaction sur les visages demeure, mais elle correspond à la mise en scène, au surgissement de l'Exempt, *deus ex machina* comme dit Cornevin : un prodige! Ils sont pétrifiés par le prodige. Pas par le malaise de leur partenaire tombé du ciel. D'ailleurs, le malaise a disparu. Romain sent qu'il est bien planté sur ses jambes, qu'il respire librement, que sa voix sort, pleine d'assurance, que les fourmis ont déserté son bras. Il va bien. Il joue. Il joue et tout le monde l'écoute. Il est sauvé ! Il n'est plus malade. Il joue. C'est la *suspension de la douleur*, la grâce des comédiens. Quand on joue, on n'a plus mal. Peut-être l'infarctus l'attend-il en coulisses, mais qu'importe, Romain joue. Il joue ! Les alexandrins se relaient. Il les dit bien. Il sait qu'il les dit bien. Il le lit dans le regard des autres. Dans leur attention, dans leur affection, on dirait. Il poursuit. Il sera toujours temps de mourir après les saluts. Mais c'est si court. Bientôt il a fini. C'était une figure simple. Une cascade. Une cabriole. Un saut.

— *Que le Ciel soit loué*, dit Dorine.

Quelques mots encore, à droite, à gauche, puis c'est Orgon qui bondit sur Tartuffe pour l'étrangler. Tartuffe s'échappe, se réfugie instinctivement du côté du pouvoir, de l'Exempt. Il se place sous sa protection, demande asile à la loi. Il est tout contre Romain, un peu devant lui. Dans son dos, au-dessous de la nuque, il a lui aussi un mousqueton. Romain tient, dissimulé dans sa main droite, l'extrémité d'un second filin, relié à son propre appareillage. Il l'arrime à Tartuffe. Les voilà tous deux encordés, comme on dit en montagne, mais jamais au théâtre.

Orgon prend la parole. On attend, sans bouger. Tartuffe a baissé la tête. Il est vaincu. À la fin du dernier vers de la pièce, il y a un instant d'immobilité totale. Tout se fige. Alors Romain lève lentement le bras gauche et il commence à monter dans les airs. Sa main droite s'attarde. On dirait qu'elle attire celle de Tartuffe, qui accompagne le mouvement, comme aspirée. Puis c'est le bras tout entier qui se tend vers le ciel. Ensuite, pour garder le contact, Tartuffe doit se mettre sur la pointe des pieds. Et là se produit le miracle : il quitte le sol à son tour. C'est le filin que Romain a discrètement accroché dans son dos qui l'emporte, mais cela, le public ne le voit pas. Pour lui, c'est la puissance de l'Exempt, son fluide. Leurs doigts se touchent à peine et pourtant Tartuffe est soulevé, enlevé dans le ciel pour y être jugé. C'est une image surnaturelle comme celle de la fresque où Dieu, du bout des doigts là aussi, transmet la vie à Adam.

Une bouffée de suffocation émane de la salle. Peut-être y a-t-il eu la même tout à l'heure, lorsque l'Exempt est apparu, mais Romain n'a rien entendu. Maintenant il s'élève, entraînant Tartuffe, et au-dessous d'eux les autres restent statufiés, le visage tendu vers ce sortilège, tandis que des changements successifs d'éclairage lavent les murs de toutes les ombres qui les souillaient. Bientôt, le décor est immaculé, resplendissant, tout autour des personnages immobiles et ravis.

Et le rideau descend, tranchant progressivement la lumière venant de la salle, tandis que les applaudissements éclatent. En arrivant au sol, le rideau étouffe le succès. C'est fini.

Romain ne vit jamais cet instant sans une sensation fugitive de danger. Depuis le petit vieillard au lacet, un rideau qui tombe est pour lui un événement poignant. L'alarme tellurique qui se déclenche alors en lui, il ne peut la comparer qu'à celle qui affole les animaux lors des éclipses totales du Soleil. Cela ne dure qu'une seconde, bien sûr, mais c'est de cet ordre-là, de cette intensité-là. Et aujourd'hui, suspendu dans le ciel du plateau, alors que tombe le rideau, cette sensation est encore plus aiguë.

C'était un soir, au théâtre. Jeanne et lui étaient allés assister à un spectacle. Ils avaient perdu du temps à chercher une place pour la voiture et, lorsqu'ils avaient pénétré dans la salle, le parterre était presque plein. Ils avaient dû déranger plusieurs spectateurs pour atteindre leurs sièges. Mais le dernier n'avait pas bougé, ne s'était pas levé, et il avait fallu enjamber ses genoux. C'était un vieil homme décharné aux vêtements élimés mais au col de chemise très blanc. Il gardait la tête baissée, le visage caché dans ses deux mains. Et il marmonnait. Romain s'était penché presque à le toucher pour entendre ce qu'il disait. C'est alors qu'il avait remarqué qu'en guise de cravate cet original avait noué un lacet de chaussures de ski, vert et jaune.

— Je ne peux pas... Je ne peux pas le regarder, répétait-il.

— Qu'y a-t-il? Qu'est-ce que vous ne pouvez pas regarder? avait murmuré Romain.

L'autre avait écarté brièvement les mains et

tourné la tête vers ce voisin curieux. Il avait posé sur Romain le plus terrifié et, en même temps, le plus intelligent des regards.

— Le rideau, bien sûr ! Le rideau rouge ! avait-il répondu d'une voix de ventriloque.

Il avait alors essayé de reprendre sa position prostrée, mais, secoué par une onde nerveuse incontrôlable, n'y était pas parvenu.

— Le rideau ! Le rideau rouge ! avait-il lancé à haute voix en montrant la scène du doigt.

Puis il s'était dressé, comme possédé par quelque force surhumaine. Autour de lui, les conversations s'étaient interrompues, et le silence se propageait de rang en rang. L'homme était bientôt devenu le point de mire de toute la salle et c'est au milieu d'un parterre glacé qu'il avait tendu à nouveau le bras devant lui et crié à pleine voix :

— Le rideau rouge sang, tête tranchée du rêve !

Puis il s'était effondré, de guingois dans son fauteuil, inconscient, la bave aux lèvres. Déjà, autour de lui, on se levait, les contrôleurs accouraient. On le saisissait aux épaules et aux chevilles pour l'évacuer. Romain ne pouvait détacher son regard de la tache humide qui s'élargissait sur le devant du pantalon lustré d'usure.

Et aujourd'hui encore, Romain vient de subir l'habituel pincement au cœur, ce réflexe panique, tandis que descend le rideau.

Mais il n'a pas le temps de penser vraiment au vieillard au lacet. Déjà les machinistes prennent possession du plateau. On rapatrie rapidement les deux héros de l'assomption. Tartuffe atterrit le premier, puis c'est le tour de Romain. Chacun libère l'autre de son filin. Ils doivent rejoindre au plus vite leurs places respectives pour les saluts. Mais Romain s'aperçoit que Tartuffe ne réagit pas. Il est sonné, comme un boxeur qui ignore encore, alors qu'il quitte le ring, s'il a gagné ou perdu le match.

— C'était très bien, lui souffle Romain à l'oreille.

Et il est sincère. Jamais encore il n'avait vu un tel Tartuffe et il va lui être difficile maintenant de l'imaginer autrement. Un Tartuffe envoûtant, irrésistible. Innocent. Un Tartuffe à qui, même à la fin de la pièce, on aimerait encore trouver des excuses. Un Tartuffe pas du tout pour Romain, Cornevin avait bien raison. Romain devrait être jaloux mais, derrière la tension, la fatigue, un sentiment encore flou se dessine qui pourrait bien être de la délivrance.

Tartuffe regarde Romain, sans parvenir à donner un sens à ce qu'il entend. Il est très loin, englouti dans le personnage qui vient, pendant deux heures, d'utiliser son corps pour être vu.

— Tu as magnifiquement joué, vraiment, précise Romain.

Cette fois, l'autre a compris. Ce qui l'enfermait se brise. Il s'extrait de la gangue qui le bridait. Par les yeux, d'abord. Puis par la bouche qui sourit. Par le corps tout entier, enfin, et il attire Romain contre lui, l'étreint, l'embrasse sur chaque joue. Romain se laisse faire. Il ne ressent rien, même s'il lui semble que Hubert Place est passé derrière eux, en souriant. Il sait seulement que les quelques mots qu'il a prononcés étaient nécessaires. Pour son partenaire, bien sûr, mais aussi pour lui-même. Pour renoncer enfin à ce rôle. À ce mirage. Il sait aussi que chaque soir, désormais, après s'être libérés des filins, et sans avoir à parler, ils s'embrasseront. Pour ne pas avoir à parler. Ou pour se porter chance. Ou parce qu'ils se seront embrassés la veille. Juste pour s'inventer un petit rituel rien qu'à eux. Ou encore parce que, au théâtre, on s'embrasse, on se touche, on a besoin d'être intimes, de brûler les étapes, de vivre toute une existence commune en quelques semaines. Parce que le théâtre est une affaire de corps, de contact. De sueur. Une affaire de peau.

Ils se séparent. Tartuffe va se placer derrière le rideau baissé, au centre, à la droite d'Elmire, et Romain rejoint le bout de la chaîne, tout près des coulisses. Le harnais le gêne pour marcher.

— Le harnais me gêne pour marcher, s'est plaint Tartuffe lors de la première répétition en costumes.

Il s'est plaint aussi de devoir se déshabiller complètement pour le mettre entre l'acte IV et l'acte V. Cornevin l'a écouté. Il a compris que l'autre l'appelait au secours. On l'a senti hésiter, réfléchir.

— Ça va être très juste, je pense, pour être prêt à temps, a insisté Tartuffe pour pousser son avantage.

Cornevin l'a regardé quelques secondes avec une sorte de sympathie, de compassion. On aurait dit qu'il faisait sienne cette contrariété.

— Bonne chance, a-t-il simplement dit avant de se replonger dans ses notes.

XI

— Prêts pour les saluts ? Attention, rideau ! a murmuré le régisseur de scène dans le micro du plateau.

Tous les comédiens se sont alignés contre l'envers du velours. Romain a pris la main de Madame Pernelle, à gauche. À droite, c'est le vide. Dans son cœur aussi.

De l'autre côté, le public fixe l'étoffe écarlate qui scintille sous les projecteurs. Bientôt, il va pouvoir détailler les traits des acteurs, dépouillés de leurs personnages, avec sur le visage le cadeau du sourire qui ne masquera pas totalement leur étonnement de se retrouver là, maquillés, costumés, éclairés, mais réduits à eux-mêmes. Non plus des êtres fictifs, mais pas encore tout à fait des hommes et des femmes du dehors. Non. Des comédiens. Des comédiens qui approcheront de l'avant-scène pour récolter dans les yeux par centaines l'explication de leur présence, la justification de leur offrande. Mais Romain n'aura rien de tout cela, il le sait bien. C'est vers le centre que vont se diriger tous les regards. Et il devra lancer lui aussi des sourires. Mais à l'indifférence.

Le rideau va se lever. Déjà il bouge. La lumière et les applaudissements vont s'engouffrer dessous comme le trop-plein d'un barrage. Et cette eau du succès va monter le long de ses jambes, sur sa poitrine, en pleine face, bien au-dessus de sa couronne de demi-dieu. Mais pour la première fois depuis tant d'années, il ne verra que des visages de profil, avides d'autres souvenirs que ceux qu'il aura pu laisser.

Car il n'y a pas un ami dans la salle. Il n'y en aura pas. Sauf le soir où Serge viendra. Lui sera là, les yeux rivés aux siens, les mains battant haut, déjà rayonnant à la pensée du bon mot qu'il fera en ouvrant la porte de la loge de Romain. Et puis ils repartiront ensemble. Ils dîneront quelque part tous les deux. Serge proposera d'aller chez Marinette, et Romain lui dira qu'il n'y va plus.

C'est que tout a changé. L'Exempt a eu sur Romain l'effet d'une maladie artistiquement transmissible. Ses relations habituelles ont reculé de quelques pas. Elles ont installé autour de lui un cordon sanitaire. On s'est mis à le regarder avec un peu de réticence, ou d'affliction. Comme si cette dégringolade volontaire pouvait être contagieuse.

Maintenant, les conversations s'éteignent lorsqu'il entre quelque part. Sa seule apparition jette un froid, comme on dit. Même les gentils Gérard-et-Nathalie ne parviennent pas à lui parler sans quelque appréhension, comme si la proximité de Romain risquait de gâcher leur bonheur. Mais c'est cet âne de Philippe qui l'a finalement décidé à ne plus aller chez Marinette. Philippe qui ne peut pourtant pas descendre dans la hiérarchie de l'affichage puisqu'il a toujours stagné en bas, mais qui se frotte obstinément aux gens connus pour se donner l'illusion d'évoluer dans les espaces pailletés de la renommée. Il n'a pu s'empêcher de résumer, avec la cruauté des imbéciles, ce qui traînait vaguement dans l'esprit de tous.

— C'est vrai que tu sers la soupe chez Cornevin ?

C'était au tout début des répétitions, dans une période où Romain n'avait pas totalement accepté sa nouvelle vie et où l'impression d'avoir fait le mauvais choix le torturait encore. Il a reçu la remarque vulgaire du laid petit homme comme un crachat. Il n'a d'ailleurs eu aucun mal à trouver une risposte cinglante. Plusieurs même. Mais c'était bien des heures plus tard, une fois rentré chez lui. Sous l'insulte, il n'a réussi qu'à pâlir.

Quelques autres frapperont bien aussi à la porte de sa loge et se montreront chaleureux, amicaux. Ils s'attarderont avec lui et puis, au détour d'une phrase, lui demanderont de les présenter à Cornevin. Et il les présentera à Cornevin. Et Cornevin les saluera, leur sourira, et les regardera longuement sans les voir.

Et puis Cathie, peut-être. Cathie viendra sûrement. Il espère l'entendre lui dire qu'il a eu raison d'accepter ce rôle. Mais il n'en est pas sûr. Il n'est sûr de rien. Ni de personne. À l'exception de Serge. Près de soixante ans d'âge, plus de quarante de métier, et un seul ami. C'est peu. Mais un vrai ami. Ce n'est pas si mal. Romain aimerait tant qu'il soit ici.

Mais il sait que ce n'est pas le cas. D'abord parce que Serge l'a appelé d'Afrique ce matin, mais aussi parce que, tout à l'heure, il est allé se coller au rideau pour apprendre la salle par cœur. Chaque soir, juste avant le début du spectacle, il va épier le public, depuis le mouchard, ce minuscule trou de voyeur. Il repère méthodiquement qui est là, rang par rang, et il élit la personne pour laquelle il va jouer. La plupart du temps, une jolie femme brune à la tête penchée sur le programme.

Il n'y manque jamais. Depuis Jeanne. Depuis le premier soir de Jeanne.

Il l'avait rencontrée l'après-midi même, à la Maison de la Radio, lors de l'enregistrement d'une courte dramatique. Il jouait son mari. Et ils rompaient. Ils se disaient de ces mots qu'on échange dans les pièces quand on se sépare et qui représentent les silences stridents qui coupent en deux les couples, dans la vie. Il y avait d'autres comédiens autour de la grande table ronde hérissée de micros. Il y avait aussi le vieux metteur en ondes qui émergeait parfois de sa somnolence pour demander une modification, une nuance. Dans la cabine de régie contiguë, de l'autre côté de la vitre, on pouvait voir les techniciens s'affairer, se livrer à de mystérieux commentaires qui ne pouvaient être que des critiques acharnées sur le jeu des acteurs. Même leurs bons sourires prenaient des teintes goguenardes. Enfin comme toujours il y avait beaucoup de monde, mais Romain s'était tout à coup senti seul avec Jeanne, avec cette jolie fille brune qu'il ne connaissait que depuis une heure à peine et qu'il ne voulait pourtant plus quitter. Et cette scène de rupture lui semblait soudain tellement douloureuse qu'il l'interpréta avec une exceptionnelle profondeur. « Un bijou ! s'exclama le metteur en ondes. C'est dans la boîte. » Alors que ce qu'aurait voulu Romain, c'eût été rater, rater encore, pour rester là auprès d'elle et revenir demain.

Il eut soudain conscience qu'après la séance il ne reverrait plus cette femme. Et cette pensée le vida de son sang.

« Au revoir à tous », avait-elle dit avant de passer la porte avec un sourire radieux. Un sourire radieux qui s'attarda dans la pièce alors qu'elle n'était plus là. Saurait-elle un jour qu'il y avait un blessé grave parmi les *tous* qu'elle avait laissés sur place et qui, pour la plupart, avaient hoché la tête ou agité distraitement la main ? N'avait-elle donc pas remarqué ce gisant, sculpté dans le marbre blanc de l'amour fou ?

Reprenant enfin le contrôle de lui-même, il

s'était lancé à sa poursuite. Mais on ne trouve jamais personne, même pas soi, dans cet immense anneau de béton. Et il avait dû se résigner à gagner tristement la station de métro voisine.

Sur le quai l'attendait le salut : elle était là.

Cette fois, il s'agissait de ne plus jamais la perdre. Jamais. Il devait la revoir. Aujourd'hui. Ce soir. Romain envisagea un instant de ne pas aller jouer. De ne plus jamais aller jouer. De finir ses jours à ses côtés, sur ce quai de métro. De déposer sa vie à ses pieds. Puis il prit le risque de l'inviter au théâtre.

— Je croyais qu'il était très difficile d'avoir des invitations pour la salle Richelieu, dit-elle.

— Oh non, mentit-il. C'est sans problème.

Il suffisait qu'il achète un billet et qu'il le mette à l'accueil.

— Je mettrai un billet à l'accueil à votre...

— D'accord.

Mais qu'est-ce qui l'empêcherait de s'esquiver à la fin du spectacle ?

— Nous pourrions peut-être boire un verre ensemble, après ?

— D'accord.

Elle semblait insouciante. N'avait-elle pas compris qu'il l'aimait ? Qu'il se sentait soudain capable de devenir champion du monde dans la discipline de son choix ? Et que ce simple *d'accord* la liait à lui pour au moins cinquante ans ?

C'est ce soir-là, avant la représentation, qu'il se

rendit sur le plateau et alla pour la première fois coller son œil au mouchard. Il savait où la situer, mais il fut tout de même bouleversé en découvrant sa belle tête brune penchée sur le programme. Il la contempla longuement, comme il devait le faire si souvent, au cours des quelques années qui leur avaient été accordées, tandis qu'elle dormait à côté de lui.

Depuis, il n'a plus joué que pour Jeanne. Déjà, lorsqu'elle était encore en vie, lorsqu'ils étaient encore en vie, lorsqu'il était encore en vie et qu'elle n'était pas là, il lui cherchait une doublure dans le public. Et il a continué, il continue, si longtemps après elle. Aujourd'hui, c'est à l'entracte, avant d'aller se mettre en place sur la passerelle, qu'il est venu choisir la marraine du tournoi. C'est elle qu'il va regarder dès que le rideau remontera. Et il ne la quittera plus des yeux. Peut-être à un moment s'égarera-t-elle jusqu'à lui. Il lui sourira. Sentira-t-elle son sourire ? Le lui rendra-t-elle ? Voilà encore une petite inconnue.

Mais pour l'essentiel, c'est fini. Au fond, c'est ainsi tous les soirs. Et depuis toujours. Au salut, c'est fini. C'est quand on joue que la véritable vie palpite. Alors, que le rôle soit plus ou moins long, cela ne change pas grand-chose. Même pas la fatigue, car ce n'est pas de jouer, d'être en scène, qui épuise, dans les spectacles qui ne demandent pas de performances physiques ; non, ce qui use l'énergie, c'est d'entrer en scène, de sortir de l'ombre, de s'extraire de soi pour exister autrement. De naître.

Et là, le nez tout près de la trame rêche du rideau, tout contre la face terne du rouge, tandis que l'étoffe frissonne, tandis que la lumière s'impatiente derrière elle, c'est fini. C'est bien fini.

Jusqu'à demain.

DU MÊME AUTEUR

Au Mercure de France

CHEZ LOUISE, roman, 1984

ON ÉTAIT HEUREUX, LES DIMANCHES, roman, 1987

MÉMOIRES D'UN ANGE, roman, 1991

MARTHE JUSQU'AU SOIR, roman, 1993 (Folio nº 2671)

MONSIEUR HENRI, roman, 1994, prix des Deux Magots

JUSTE AVANT LA NUIT, roman, 1998 (Folio nº 3333)

COMÉDIEN, 2000 (Folio nº 3661)

Chez d'autres éditeurs

DEUX OU TROIS RENDEZ-VOUS, roman, Slatkine, roman, 1982

FRANCIS BACON, LE RING DE LA DOULEUR, Ramsay/
Archimbaud, 1996

DIMANCHE PROCHAIN, théâtre, *L'Avant-Scène*, nº 1001, 1997,
prix CIC

LA CRISE DE FOI(E), conte, Arléa, 1999

RAMEAU LE FOU, d'après Diderot, théâtre, Séguier/Archimbaud,
2001

Impression Société Nouvelle Firmin-Didot
à Mesnil-sur-l'Estrée, le 20 mars 2002.
Dépôt légal : mars 2002.
Numéro d'imprimeur : 58054.

ISBN 2-07-041787-5/Imprimé en France.